汉魏诗媛诗词小传

张觅 著

黄山书社

图书在版编目(CIP)数据

汉魏诗媛诗词小传 / 张觅著. — 合肥 ：黄山书社，2020.10
ISBN 978-7-5461-8113-4

Ⅰ.①汉… Ⅱ.①张… Ⅲ.①女性—诗人—列传—中国—汉代-魏晋南北朝时代 ②古典诗歌—鉴赏—中国—汉代-魏晋南北朝时代 Ⅳ.①K825.6 ②I207.22

中国版本图书馆 CIP 数据核字(2019)第 005593 号

汉魏诗媛诗词小传
HANWEI SHIYUAN SHICI XIAOZHUAN

张觅 著

出品人 贾兴权
责任编辑 秦矿玲
责任印制 李 磊
装帧设计 私书坊_刘 俊 张俊香
出版发行 时代出版传媒股份有限公司(http://www.press—mart.com)
黄山书社(http://www.hspress.cn)
地址邮编 安徽省合肥市蜀山区翡翠路 1118 号出版传媒广场 7 层 230071
印 刷 安徽联众印刷有限公司
版 次 2020 年 12 月第 1 版
印 次 2020 年 12 月第 1 次印刷
开 本 880mm×1230mm 1/32
字 数 200 千字
印 张 7.25
书 号 ISBN 978-7-5461-8113-4
定 价 38.80 元

服务热线 0551—63533706
销售热线 0551—63533768
官方直营书店(https://hsss.tmall.com)

前言

中国女性文学创作源远流长，早在先秦《诗经》之中，就有女诗人的吟唱之声。虽然在几千年的封建社会里，由于“女子无才便是德”“内言不出于阃”等男权思想的影响，女性才智受到了重重约束，但仍涌现了一批具有诗心巧慧、敢于用手中的笔来真实表达自己的思想与情感的女作家。她们从女性视角来反映女性的欢喜与悲苦，标志着女性主体意识的渐渐觉醒，并以其超凡才气与敏捷才思发出了属于女性自己的声音。

汉魏时期形成了中国女性文学创作的第一个高峰。西汉初年，汉高祖的皇后吕后、汉景帝的母亲窦太后先后干政，因政治需要，后宫女子必须具备一定才学，接受一定教育，这使得宫廷才女在汉魏颇受重视。这一期间所涌现的唐山夫人、戚夫人、班婕妤、班昭、左棻等不少才女都是宫廷女诗人，她们专注于诗歌创作，尤其是五言诗的创作，成就颇高。以班婕妤为例，她所作的《团扇歌》就成为了“宫怨诗”的代表之作，清代诗学家评其“用意微婉，音韵和平”。她的家信《报诸侄书》，被认为是至今可考的中国古代女性所写的第一篇文学批评专论，体现了她“推诚写实”的文学主张。当然除了宫廷才女之外，这个时期还出现了来自社会各个阶层的女诗人，如被称为有“咏絮之才”的谢道韫、写成盘中诗的苏伯玉妻、玲珑巧心制出莹心耀目的《璇玑图》的苏蕙等，但是她们中的很多只有一首或几首诗传世，有的连名字都没有流传下来，或者只有姓没有名，或者冠以“某某妻”的称呼。

唐代是一个盛产诗歌的朝代，产生了诸多光辉灿烂的诗篇，也产生了大量女诗人。上至女皇、皇后、女官、宫人，如武则天、长孙皇后、上官婉儿、开元宫人、天宝宫人等，下到普通百姓，如唐代四大才女薛涛、鱼玄机、刘采春、李季兰，以及姓名已不可考的7岁女子、13岁的杨容华等，都有光彩照人的诗篇传世。《全唐诗》所记载的女性作家就有100多位，诗歌有600多首。唐代女性地位较高，因此女性写作自由度较大，她们的写作视野与写作题材也较前代广阔，除了抒怀咏物，书写自己的生命体验之外，还叹兴亡、感时事、写民俗，笔触或豪迈潇洒，或细腻婉转。如鲍君徽的《关山月》、花蕊夫人的《述亡国诗》、张夫人的《拜新月》等。唐代女诗人还在古代女性诗学批评史上首先使用了“以诗论诗”这种文学批评形式，也就是论诗诗。薛涛的一些赠答之作就有评价对方的诗歌才情或叙述自己的创作体会的内容：“浩思蓝山玉彩寒，冰囊敲碎楚金盘。诗家利器驰声久，何用春闱榜下看。”唐代女诗人已经有了女性主体意识的初步觉醒，鱼玄机就自负才情，期待有一展所长的平台，渴望和男子一般建功立业，却知此想法不可能实现，因此慨然长叹：“云峰满目放春晴，历历银钩指下生。自恨罗衣掩诗句，举头空羡榜中名。”

宋代女性文学发展到了一个新的高峰，诞生了如宋代四大才女李清照、朱淑真、张玉娘、魏夫人这样才华横溢、诗书画皆通的女子。她们涉足的文体除了诗之外，还有词。她们具有过人的天赋和才能，诗词中透露出她们独特的审美个性，在审美过程中表现出既婉约纤细又自由潇洒的生命魅力。宋代出现了有“千古第一才女”之称的李清照。李清照在词作上的巨大成就，让她得以与第一流的男性文人比肩而立。她为一代婉约词宗，词作婉约清新，形成了特有的“易安体”，她还作下词学专论《词论》，在其中提出了自己对词“别是一家”本质内涵的体认，这是古代第一篇系统的词学专论。宋代理学大肆推崇“三从四德”，宋代女性的灵性虽然遭到压抑，却并不会被束缚住。与李清照齐名的朱淑真曾作下《自责》二首，慨叹“女子弄文诚可罪，那堪咏月更吟风”，“添得情怀转萧索，始知伶俐不如痴”，表达了对不公待遇的激愤与抗议。她追求自由平等的恋爱，曾大胆作下“娇痴不怕人猜，和衣睡倒人怀”的率真浪漫之作。只活了短短24年的女诗人谢希孟则道“英灵之气，不钟于世之男子，而钟于妇人”，坚信女性有不输于男子的才气与灵气。

到了明清时期，古代女性文学创作十分繁荣。据胡文楷《历代妇女著作考》统计，明代女性作家多达243人，已经超过历代的总和。清代紧承明代的发展势头，并进一步发展，女性作家有3660多人，开创了女性文学创作的新局面与新高度。这个时期女性创作的特点便是女性创作主体开始由宫廷女子和青楼女子向闺秀转变，涌现了大量出色的闺秀作家。

明清闺秀作家的大量涌现，跟当时江南经济文化的发展、世家大族对女子教育的重视以及文人名士对女子才智的推崇与肯定是分不开的。当时文人热衷于编辑闺秀诗集或闺秀诗话，并且普遍接受了宋代女诗人谢希孟的“英灵之气，不钟于世之男子，而钟于妇人”之思想。晚明《古今女史》编者赵世杰说：“海内灵秀，或不钟男子而钟女人，其称灵秀者何？盖美其诗文及其人也。”明末清初《红蕉集》编者邹漪道：

"乾坤清淑之气不钟男子,而钟妇人。"清代小说的巅峰之作《红楼梦》中的宝玉也言:"凡山川日月之精秀只钟于女儿,须眉男子不过是些渣滓浊沫而已。"

正因为较为宽松的经济文化环境,以及较为良好的书香氛围,明清时期的闺秀比以往任何朝代都热烈地投入文学创作中,并且积极参与文学活动,赋诗题咏,结社唱和。如晚明时期叶氏午梦堂一门风雅,沈宜修与三个女儿彼此唱和,是为家庭诗社;桐城方氏家族方维仪、方孟式、方维则、吴令则、吴令仪常聚在一起吟诗作画,被称为"名媛诗社"。这些都是家族性的诗社。此外还有闺友间的唱和,如万历年间(1573—1620)"吴门二大家"徐媛和陆卿子之间的唱和。明清部分女性甚至走出闺门,游山玩水,拜师学艺,开展文学活动,拓宽文学视野,增长文学自信。她们虽然是清心玉映的闺房之秀,却也具备落落大方的林下风度。不少闺秀作家还大胆地与男性文人进行诗词唱和,比如王端淑、吴山、黄媛介等。这些唱和雅集的活动,进一步扩大了她们的文学影响力,因此便促成了地区性、师友性以及全国性的女性诗社的出现。地区性的诗社有杭州地区的"蕉园诗社"、苏州地区的"清溪吟社"等,师友性的诗社有袁枚的"随园女弟子"、陈文述的"碧城女弟子"等,全国性的诗社则有顾太清和沈善宝等在京城组建的"秋红吟社"等。《红楼梦》中的海棠诗社、桃花诗社正是当时闺秀诗社的生动写照。

明清闺秀所创作的诸种文体趋于完善,体裁也由单纯的诗词歌赋而趋向多样化,如散曲、戏剧、弹词、章回小说等。但她们最为钟情的体裁仍是诗词,诗词创作蔚为大观。闺秀作家用极其敏感的心来捕捉周围一切微小而精妙的变化,并用清新流丽、婉约优美之语体现在诗词之中,让人们惊叹其心灵世界的博大丰富。其作品的创作类型也进一步拓宽，覆盖山水、题画、咏物、题壁、咏史、和友等多种题材。其中更有相当一部分女性作家涉足女性诗学批评，她们热衷于编选女性诗文作品，撰写女性诗话和论诗诗等，如熊琏作《澹仙诗话》、沈善宝作《名媛诗话》、恽珠作《国朝闺秀正始集》、陈芸作《小黛轩论诗诗》等。这些女性作家大多具备了独立的诗学身份，女性主体意识进一步加强，她们的诗学思想也开始由零散化、碎片化逐渐走向思辨化、系统化。女性诗学批评的日趋丰富进一步刺激了女性的创作热情，且加剧了女性作品的传播度，不少女性作品因为保存在女性诗学批评之中而得以流传下来。

本系列图书用人物小传与作品鉴赏的形式，对历代女性作者及其作品进行梳理和品鉴，力求再现那个时代各个阶层的女性作者群像及其掌上心事、腕底波澜与旖旎才情。笔者希望，这三本小书，能带读者了解她们跌宕起伏的人生际遇，聆听她们荡气回肠的心灵之声，走进她们丰富细腻、瑰丽多彩的精神世界。

目录

唐山夫人 ◈ **孝奏天仪，若日月光** / 1

戚夫人 ◈ **相去三千里，当谁使告汝** / 6

虞姬 ◈ **大王意气尽，贱妾何聊生** / 11

刘细君 ◈ **居常思土兮心内伤，愿为黄鹄兮还故乡** / 14

苏武妻 ◈ **与君结新婚，宿昔当别离** / 18

王昭君 ◈ **翩翩之燕，远集西羌** / 22

卓文君 ◈ **愿得一心人，白头不相离** / 29

班婕妤 ◈ **常恐秋节至，凉意夺炎热** / 38

赵飞燕 ◈ **秋风起兮天陨霜，怀君子兮渺难忘** / 44

徐淑 ◈ **思君兮感结，梦想兮容辉** / 48

苏伯玉妻 ◈ **结巾带，长相思** / 55

无名氏 ◈ **只缘感君一回顾，使我思君朝与暮** / 59

无名氏 ◈ **山无陵……天地合，乃敢与君绝** / 62

窦玄妻 ◈ **衣不如新，人不如故** / 64

班昭 ◈ **君子之思，必成文兮** / 66

唐姬 ◈ **死生路异兮从此乖，奈我茕独兮心中哀** / 72

丽玉 ◈ **公无渡河，公竟渡河** / 75
蔡琰 ◈ **无日无夜兮不思我乡土** / 78
秦罗敷 ◈ **秦氏有好女，自名为罗敷** / 88
甄皇后 ◈ **众口铄黄金，使君生别离** / 92
丁廙妻 ◈ **惟人生于世上，若驰骥之过棂** / 97
孟珠 ◈ **阳春二三月，草与水同色** / 100
王宋 ◈ **远望夫为遥，踟蹰不得并** / 103
左棻 ◈ **何以诉辛苦？ 告情于文辞** / 105
绿珠 ◈ **丝布涩难缝，令侬十指穿** / 110
翾风 ◈ **春华谁不美，卒伤秋落时** / 114
谢道韫 ◈ **峨峨东岳高，秀极冲青天** / 117
谢芳姿 ◈ **白团扇，辛苦互流连** / 121
桃叶 ◈ **桃叶映红花，无风自婀娜** / 124
清溪小姑 ◈ **丹心寸意，愁君未知** / 127
云阳女 ◈ **欢若见怜时，棺木为侬开** / 130
刘妙容 ◈ **愿为星与汉，光影共徘徊** / 132
陈玢 ◈ **执咏反复，触言流泪** / 135
子夜 ◈ **冶容多姿鬓，芳香已盈路** / 137
苏蕙 ◈ **霜冰斋洁志清纯，望谁思想怀所亲** / 141
鲍令晖 ◈ **是时君不归，春风徒笑妾** / 147
韩兰英 ◈ **弃置将已矣，谁怜微薄躯** / 154
浣纱女 ◈ **嬉罢自还潭，水深无处觅** / 157

刘令娴 ◈ **风吹桃李气，过传春鸟声** / 160

刘大娘 ◈ **看梅复看柳，泪满春风中** / 165

苏小小 ◈ **何处结同心？ 西泠松柏下** / 168

谢氏女 ◈ **得络逐胜去，颇忆缠绵时** / 171

沈满愿 ◈ **轻鬓学浮云，双蛾拟初月** / 175

包明月 ◈ **当曙与未曙，百鸟啼窗前** / 179

王金珠 ◈ **游女不可求，谁能识得音** / 181

采莲女 ◈ **南风知我意，吹梦到西洲** / 184

莫愁女 ◈ **莫愁在何处？ 莫愁石城西** / 187

王玉京 ◈ **昔时无偶去，今年还独归** / 189

北朝女子 ◈ **朔气传金柝，寒光照铁衣** / 192

冯太后 ◈ **青台雀，青台雀，缘山采花额** / 195

沈婺华 ◈ **谁言不相忆？ 见罢倒成羞** / 198

乐昌公主 ◈ **笑啼俱不敢，方信作人难** / 202

大义公主 ◈ **富贵今何在？ 空事写丹青** / 206

胡太后 ◈ **春风一夜入闺闼，杨花飘荡落南家** / 209

崔娘 ◈ **取红花，取白雪，与儿洗面作光悦** / 213

冯小怜 ◈ **虽蒙今日宠，犹忆昔时怜** / 215

唐山夫人

孝奏天仪，若日月光

唐山夫人，生卒年、家世不详。她是汉高祖刘邦的嫔妃，又称“唐姬”。她的容貌如何，并无具体记载，但从她的诗作可以看出，她是一位才华蕴藉、文采风流的女诗人。

《汉书·外戚列传》云：“汉兴，因秦之称号，帝母称皇太后，祖母称太皇太后，适称皇后，妾皆称夫人。又有美人、良人、八子、七子、长使、少使之号焉。”夫人在汉初是地位仅次于皇后的嫔妃，唐山夫人既称夫人，其地位自是等同于汉高祖戚夫人、薄夫人之属。戚夫人是汉高祖最宠爱的嫔妃，薄夫人是后来汉文帝的母亲，因此，与她们同为夫人的唐山夫人之地位应该算得上很高了。

唐山夫人擅长作楚歌，汉高祖刘邦欣赏她的才华，便令她独力创作房中之乐。彼时房中之乐指的是宫廷音乐，“唯宫中用之”。于是，唐山夫人便依帝命作了一篇浑厚壮丽的《房中祠乐》。

汉高祖对这首诗很满意，于是这支《房中祠乐》便沿用下来。汉惠帝时，乐府令夏侯宽用审定之后的新乐与新采选的歌词合乐而成了《安世乐》，改诗名为《安世房中歌》。

《汉书·礼乐志》对此有记载："又有《房中祠乐》，高祖唐山夫人所作也。周有《房中乐》，至秦名曰《寿人》。凡乐，乐其所生，礼不忘本。高祖乐楚声，故《房中乐》楚声也。至孝惠二年(前 193)，使乐府令夏侯宽备其箫管，更名曰《安世乐》。"

唐山夫人可以说是汉朝的第一位女诗人，在她之前，古代最早有记载的女诗人是春秋时期的许穆夫人和庄姜，她们的作品都被收入了《诗经》之中。《师友诗传录》中道："乐府之名，始于汉初，如高帝之《三侯》，唐山夫人之《房中》是。"其将唐山夫人的《安世房中歌》与汉高祖的《三侯之章》相提并论，认为它们是汉乐府的开山之作。这组诗歌也被收入《乐府诗集》和《古诗源》等书，流传后世。

《安世房中歌》全歌共有 17 章，133 句，497 言。从诗的内容来看，它当属于汉初贵族的颂歌，又有点近于《诗经》的《大雅》，多为对汉王朝的赞颂之辞，为盛世之音。诗篇节奏明快，长短错落，虽然是出于女子之手，却没有丝毫纤柔婉媚之闺房诗风，而是磅礴大气、端雅厚重，可谓鸿篇巨制，可见唐山夫人实乃难得一见的奇女子。明人钟惺在《名媛诗归》说："女人诗足带妖媚，唐山典奥古严，专降服文章中一等韵士，效庙大文出自闺阁，使人渐服。"

《安世房中歌》全诗古奥难懂，被《汉诗总说》称为最上品。在诗中，唐山夫人还提出了她以"孝道"为主旨的创作主张："孝道随世，我著文章。"

第一章

大孝备矣，休德昭清。高张四县，乐充宫廷。

芬树羽林,云景杳冥。金支秀华,庶旄翠旌。

第二章

七始华始,肃倡和声。神来晏娭,庶几是听。

鬻鬻音送,细齐人情。忽乘青玄,熙事备成。

清思眑眑,经纬冥冥。

第三章

我定历数,人告其心。敕身齐戒,施教申申。

乃立祖庙,敬明尊亲。大矣孝熙,四极爰轃。

第四章

王侯秉德,其邻翼翼。显明昭式,清明鬯矣。

皇帝孝德,福音天下。竟全大功,抚安四极。

第五章

海内有奸,纷乱东北。诏抚成师,武臣承德。

行乐交逆,箫勺群慝。肃为济哉,盖定燕国。

第六章

大海荡荡水所归,高贤愉愉民所怀。

大山崔,百卉殖。民何贵?贵有德。

第七章

安其所,乐于产。乐于产,世继绪。

飞龙秋,游上天。高贤愉,乐民人。

第八章

丰草葽,女萝施。善何如,谁能回?

大莫大,成教德;长莫长,被无极。

第九章

雷震震,电耀耀。明德乡,治本约。

治本约，泽弘大。加被宠，咸相保。

施德大，世曼寿。

第十章

都荔遂芳，窅窊桂华。孝奏天仪，若日月光。

乘玄四龙，回驰北行。羽旄殷盛，芬哉芒芒。

孝道随世，我署文章。

第十一章

冯冯翼翼，承天之则。吾易久远，烛明四极。

慈惠所爱，美若休德。杳杳冥冥，克绰永福。

第十二章

硙硙即即，师象山则。呜呼孝哉，案抚戎国。

蛮夷竭欢，象来致福。兼临是爱，终无兵革。

第十三章

嘉荐芳矣，告灵飨矣。告灵既飨，德音孔臧。

惟德之臧，建侯之常。承保天休，令问不忘。

第十四章

皇皇鸿明，荡侯休德。嘉承天和，伊乐厥福。

在乐不荒，唯民之则。

第十五章

浚则师德，下民咸殖。令问在旧，孔容翼翼。

第十六章

孔容之常，承帝之明。下民之乐，子孙保光。

承顺温良，受帝之光。嘉荐令芳，寿考不忘。

第十七章

承帝明德，师象山则。云施称民，永受厥福。

承容之常，承帝之明。下民安乐，受福无疆。

唐山夫人的结局如何，正史、野史中都没有记载。但根据《史记·外戚世家》记载："及高祖崩，吕氏夷戚氏，诛赵王，而高祖后宫唯独无宠疏远者得无恙。"刘邦死后，吕后手段狠辣地迫害戚夫人和赵王如意，只因为他们之前严重威胁到她的地位以及她儿子的皇位，但不受刘邦宠爱的女子如后来文帝的母亲薄夫人等则安然无恙，直至寿终正寝。

那么，才华横溢但无心卷入权力斗争的唐山夫人，应该是得到善终了。

戚夫人

相去三千里，当谁使告汝

戚夫人，祖籍定陶（今山东省菏泽市定陶区），是汉高祖刘邦的宠妃，也是西汉初年的歌舞名家，擅跳楚舞和“翘袖折腰”之舞。戚夫人还长于鼓瑟，经常与高祖歌瑟相和。

据记载，刘邦在彭城战败后，独自逃至定陶并投宿戚家寨。就是在这里，刘邦邂逅了绮年玉貌的戚夫人，见她眉目如画、美貌非凡，于是对她一见钟情。后来刘邦四方征战，都把戚夫人带在身边，对她宠爱有加，对结发妻子吕雉反而淡漠无情。

刘邦本人性喜音律，善作楚歌，受他宠爱的妃子，大多也是妙解音律、才貌双全的女子，如戚夫人，又如唐山夫人。他曾作下著名的《大风歌》，慷慨激昂：

大风起兮云飞扬，威加海内兮归故乡。
安得猛士兮守四方！

刘邦常与戚夫人在宫中歌舞作乐。相传每年正月十日，戚夫人等共入灵女庙，祭神歌舞，吹笛击筑，歌《上灵之曲》，“相与连臂踏地为节，歌《赤凤凰来》”。到了七月七日，“临百子池，作于阗乐。乐毕，以五色缕相羁，谓之相连爱”。

吕雉对受宠的戚夫人十分嫉恨，但刘邦在世时，她亦不敢轻举妄动。后来刘邦打败项羽取得天下，当了皇帝，立吕雉为皇后，并将吕雉所生的长子刘盈立为太子。吕雉虽然刚决狠辣，儿子刘盈却生性宽厚温和。刘邦并不喜欢刘盈，认为刘盈性格太过懦弱优柔，不像自己（“不类己”）。

戚夫人生有一子，名如意，是刘邦的第三子，被封为赵王。刘邦宠爱戚夫人，爱屋及乌，也十分疼爱刘如意。于是，他打算废掉太子刘盈，改立如意为太子。戚夫人也有此心愿，曾在刘邦面前日夜哭泣，希望能早日立如意为太子，刘邦答应了她。

汉高祖十二年（前195），刘邦病重，自知不久于人世，于是想抓紧时间换立太子。这件事情引起了吕后的恐慌，她对戚夫人越发怀恨在心。但吕后是性格强韧、见惯风浪之人，不会眼睁睁地坐以待毙，她积极为儿子的太子之位四处奔走，力求改变刘邦的态度与决定。

朝中老臣绝大多数都支持吕后与刘盈，刘邦废立太子的想法遭遇了强大的阻力。吕后找到足智多谋的张良，让他献策。张良深思熟虑之后，建议她把“商山四皓”请出来辅佐太子。“商山四皓”是秦朝末年四位信奉黄老之学的著名隐士：东园公唐秉、夏黄公崔广、绮里季吴实、甪里先生周术。刘邦曾邀请他们出山，但被他们婉言谢绝。

于是吕后采用了张良的计策，派哥哥吕泽带了太子的亲笔信，并附上厚礼，请“商山四皓”相助。因为换立太子关系到汉朝江山社稷的稳定，为了天下苍生，这四位须发皆白的隐士竟然真的联袂出山了。

在一次宫中宴会上，刘邦发现太子刘盈身边竟然有四位仙风道骨的老翁，十分诧异。他一问之下，才知道是自己渴求已久的贤士“商山四皓”。而这四位贤士还对刘邦盛赞太子刘盈仁孝恭敬，并表明了自己出山辅佐太子的决心。四人向刘邦敬酒之后，便飘然离去。

刘邦见太子如此得人心，知道换立之事已不可能。他无奈之下，对戚夫人说：“我本欲改立太子，无奈他已得四皓辅佐，羽翼已丰，势难更动了。”说罢，长叹一声，心灰意冷。戚夫人也凄楚不已，伤心流泪。为了安慰戚夫人，刘邦还唱起了一首苍凉悲壮的楚歌：

鸿鹄高飞，一举千里。羽翼已就，横绝四海。
横绝四海，当可奈何？虽有弓矢，尚安所施！

戚夫人含泪和着歌儿跳起了楚舞，以此抒发心中的恐惧与不安。

不久，刘邦去世。刘盈即位，即汉惠帝，吕后便当上了太后。她掌权之后，对汉高祖的妃嫔尤其是无宠的妃嫔，都比较宽和，如果是有儿子的妃嫔，就让她和自己的儿子去封地成为诸侯国王太后，让她们安享晚年。唯独对于夺她宠爱又差点夺她儿子皇位的戚夫人，是恨之入骨，决意复仇。

她先是把戚夫人关入永巷（汉代幽禁妃嫔或者宫女的地方）舂米。戚夫人被迫穿上囚衣，剃去头发，戴上沉重的铁枷，还要时刻不停地舂米。

戚夫人本是锦衣玉食的宠妃，却一下子堕入了万丈深渊。受到这样的迫害，戚夫人悲痛欲绝，于是作了一首哀怨凄惨的悲歌《舂歌》，时常一边舂米一边吟唱，以抒发自己的哀伤：

子为王，母为虏。

终日舂薄暮，常与死为伍。

相去三千里，当谁使告汝？

儿子已经远在封地当王，而自己这个当母亲的却沦为阶下囚，天天都忙着舂米，常常感到死亡的威胁。然而，自己和儿子相隔三千里，谁能够把这些悲惨的遭遇告诉儿子，让他来救救可怜的母亲呢？

这首歌直抒胸臆，感染力极强，一直流传至今，和唐山夫人的《安世房中歌》一起被认为是最早的汉诗。《西京杂记》里评道："此远在十九首苏李之前，汉诗最古者，唯此及《安世房中歌》耳。"

戚夫人是长居深宫之中又备受宠爱的女子，没有政治头脑与权谋智慧。她寄希望于年龄幼小的儿子身上，毫无心机地唱出了这支悲歌。但不想这歌传到吕后耳中，又一次触怒了吕后。

吕后随即传赵王如意入宫，决心要毁掉戚夫人唯一的指望。秉性仁慈的汉惠帝得知此事之后，立刻猜到了母亲的用意，生怕弟弟如意会惨遭毒手，便亲自迎接如意入宫，两人同吃同睡，形影不离，这样一连几个月。吕后担心对如意下手会伤到自己的儿子，一直都找不到杀他的时机。

后来有一天，惠帝早起，见如意还在酣睡，于是独自外出射猎。因为放心不下弟弟，惠帝没过多久便匆忙赶了回来。没想到就在这一会儿工夫，吕后用鸩酒毒死了如意。如意死时还是个十几岁的孩子。

毒死如意后，吕后下令让戚夫人"饮喑药"，并将她"断手足，去眼，煇耳"，丢入厕所，称为"人彘"。吕后还带儿子惠帝前去观看。惠帝大为惊恐，指斥吕后，并痛哭不已。

那个美貌多才却又毫无政治智慧的女子戚夫人，便在留下了这么一首哀歌之后，于痛苦中死去了。

虞姬

大王意气尽，贱妾何聊生

虞姬是楚汉之争时期西楚霸王项羽的爱姬，有一首诗传世。史书中对虞姬的记载较少，甚至连本名、出生地、生卒时间都没有记载。西汉司马迁《史记·项羽本纪》里仅记载道："有美人名虞。"

公元前209年，项羽与叔父项梁带着八千子弟兵起义反秦，军中的一名战将名叫虞子期，他有个美貌的妹妹，就是虞姬。虞姬不仅容颜绝美，还擅长剑舞，舞蹈绰约多姿，有"虞美人"之称。项羽便将虞姬纳为自己的姬妾。

常年的征战中，项羽始终把虞姬带在身边。而虞姬也爱慕项羽，甘愿跟随他南征北战。两人感情十分深厚，虞姬成为了项羽最心爱的女人。巨鹿一战，楚军大胜，项羽更是声名远播。不久，项羽便进入关中，自号西楚霸王。

刘邦进入咸阳后，项羽跟着进来，一把火将阿房宫烧得干干净净。他把宫殿中的金银财宝全部运到他的根据地彭城，却将阿房宫内的妃嫔宫女尽数遣散。虽然宫中美女如云，但他眼中唯有虞姬一人。

秦朝灭亡后，项羽和刘邦为争夺天下，随即展开了长达四年的楚汉战争。初期，楚军捷报连连，后来局势却渐渐被扭转。在楚汉相争的第四年，项羽和刘邦的大将韩信在垓下展开激战，这就是历史上著名的垓下之战。

垓下之战中，项羽中了韩信的十面埋伏之计，虽然逃了出来，但自己的队伍已经十去八九。《史记》记载，项王军壁垓下，兵少食尽，汉军及诸侯兵围之数重。夜闻汉军四面皆楚歌，项王乃大惊曰："汉皆已得楚乎？是何楚人之多也！"项王则夜起，饮帐中。有美人名虞，常幸从；骏马名骓，常骑之。于是项王乃悲歌慷慨，自为诗曰："力拔山兮气盖世，时不利兮骓不逝。骓不逝兮可奈何，虞兮虞兮奈若何！"

昔日纵横天下的西楚霸王，这时却已穷途末路。他自忖英雄盖世，却时势不利。命运弄人，无可奈何。看着心爱的宝马、美丽的虞姬，他悲不自胜，纵声而歌，直到泪流满面。

项羽因担心虞姬，而在最后一搏的生死关头竟然对虞姬"泣数行下"，这位纵横天下的西楚霸王居然也会英雄气短、儿女情长。项羽的铁汉柔情，令人动容，因此服侍在旁的人都忍不住哭泣不止。

《史记》中记载："歌数阕，美人和之。项王泣数行下，左右皆泣，莫能仰视。"虞姬听到项羽的歌之后，含泪唱和了一曲。具体是什么歌，《史记》中并无收录。但唐代张守节所著的《史记正义》从《楚汉春秋》中引录了这首和歌：

汉兵已略地，四方楚歌声。大王意气尽，贱妾何聊生。

这首和歌所说的，便是汉军已经步步逼近，四面都是苍凉的楚歌。项王如果气数已尽，那么自己也不会偷生。在这首和歌里，虞姬表达的是与项羽同生共死的誓言。

四面悲怆的楚歌声中，虞姬边歌边作剑舞，剑光闪闪，衣袂飘飘。她英姿飒爽，又妩媚多情，令项羽目眩神驰。

虞姬含泪唱毕，趁项羽不备，毅然饮剑，一代美人就此香消玉殒。她是要项羽没有顾虑、没有拖累地突围而出。项羽自然明白她的心意，悲不自胜，亲手掩埋了她。

后来项羽率着八百多人马在汉军的重重包围中突围，最后只剩下二十八骑也依然浴血奋战。终于他一路拼杀到乌江边，乌江亭长正停船靠岸等在那里。乌江亭长劝项羽回到江东以图东山再起，但项羽拒绝了："天之亡我，我何渡为！且籍与江东子弟八千人渡江而西，今无一人还，纵江东父兄怜而王我，我何面目见之？纵彼不言，籍独不愧于心乎？"他将自己坐下之马赐予亭长，然后下马步战。他一口气杀了汉兵几百人，自己也受了十几处伤，最后挥刀自杀。

霸王英雄末路，虞姬自刎殉情，这感天动地的爱情，这悲情缱绻的一瞬，已定格在历史的长河之中。"霸王别姬"更是成为了中国戏曲中的经典，成为"中国古典爱情中最经典、最荡气回肠的灿烂传奇"。

正因为这个荡气回肠的传说，虞美人这个名字成为了词牌名，还成为了一种美丽的花草的名字。据《情史·情贞类》记载，虞姬和歌之后"遂自刎。姬葬处，生草能舞，人呼为虞美人草"。这种草风吹叶动如舞，故人们又称其为"舞草"。有一首《虞美人》便是咏其本意：

帐中草草军情变，月下旌旗乱。褫衣推枕怆离情，远风吹下楚歌声，正三更。

抚骓欲下重相顾，艳态花无主。手中莲锷凛秋霜，九泉归去是仙乡，恨茫茫。

刘细君

居常思土兮心内伤，愿为黄鹄兮还故乡

刘细君，西汉沛（今江苏省沛县）人，她后来因和亲乌孙而被称为“乌孙公主”，她留存于世的诗篇只有一首《黄鹄歌》。

塞外和亲，王昭君并不是最早的那一个，刘细君才是古代和亲女性中取得成功的第一人。她和亲的时间比王昭君早了七十多年。只是昭君出塞被众多文人墨客所歌咏，并被改成了元剧《汉宫秋》，于是更加传奇化了，并流传千古。而细君的故事，则被历史渐渐湮灭了。《汉书·西域传》中载有她的事迹。

刘细君的爷爷刘非与汉武帝是亲兄弟。刘非死后，儿子刘建继承王位，史称“江都王”。后来，刘建造反失败被杀，因为刘细君年龄太小，汉武帝没杀她，细君就此侥幸逃过一劫。

公元前 117 年，刘细君的叔叔刘胥被封为广陵王，派人找到了流落民间的侄女，将她迎入王宫。此时刘细君已经出落得亭亭玉立，清丽可人。重回锦衣玉食的生活，刘细君自然倍加珍惜。她本来就聪颖好学，能诗善文，回到王宫中之后更是手不释卷，遍览群书。

当时汉朝与匈奴战争不断，汉武帝想联合乌孙国（位于今伊犁河上流流域）一起抗击匈奴。恰巧乌孙国也正有此意，主动结交于汉，遣使献马，但提出要求娶大汉的一位公主为妻。张骞向汉武帝提出和亲的建议，汉武帝答应了。但汉武帝舍不得送自己的女儿去那偏远蛮荒之地，于是，美丽的刘细君便进入了他的视野之中。

刘细君安安静静地生活在王宫中，自以为可以过一种与世无争，而与诗书为伴的生活，却没想到，她的命运即将发生巨变，而她无力抵御这命运的翻云覆雨手，连个"不"字也无法说出。

于是，元封六年（前 105），汉武帝封细君为公主，将她下嫁给乌孙国国王猎骄靡。这对她来说，不啻晴空霹雳。她幼时受够了颠沛流离的生活，一心只想安定下来，过宁静富足的生活，却未想到，居然有更颠沛流离的未来在等着她。

《汉书·西域传》记载，细君出嫁时，汉武帝送给她大量华服美饰，并给她配备了几百名侍从。但这些，对她又有什么意义呢？在出塞的路上，她暗自垂泪，轻轻弹起怀中的琵琶，大漠中的一位汉家娇女，在缓缓走向她不可预测的婚姻与未来。

而西行的路途是艰险的，唐代玄奘曾跋涉此处，后在《大唐西域记》中有过记载："山谷积雪，春夏合冻，虽时消泮，寻复结冰。经途险阻，寒风惨烈，多暴龙，难陵犯。行人由此路者，不得赭衣持瓠大声叫唤。微有违犯，灾祸目睹，暴风奋发，飞沙走石，遇者丧没，难以全生。"历经千辛万苦，她终于来到了乌孙。

细君到达乌孙后，乌孙国国王猎骄靡见到这位清美如画的汉朝公主，惊为天人，很是宠爱。

不久匈奴知道了这件事，担心乌孙国国王被汉朝拉拢过去，于是，匈奴单于也把自己的女儿嫁给了乌孙国国王。乌孙国国王谁也不想得罪，于是以细君为右夫人，以匈奴单于之女为左夫人。

嫁到乌孙国之后，弱质纤纤的细君面临着从未有过的困难和考验，如饮食习惯、气候变化以及复杂的宫廷斗争。而乌孙国国王猎骄靡年老体衰，年龄足可以做她爷爷，与她殊不相配。这些都让细君感到孤独与痛苦。

她素有才学，这时更拿起笔来，自抒怀抱。《黄鹄歌》就是反映她在乌孙生活心声的一首名篇：

吾家嫁我兮天一方，远托异国兮乌孙王。
穹庐为室兮旃为墙，以肉为食兮酪为浆。
居常思土兮心内伤，愿为黄鹄兮还故乡。

《黄鹄歌》又称《悲愁歌》，《乐府诗集》又题为《乌孙公主歌》，感情真挚细腻，为后世所传诵，被称作历史上的第一首边塞诗。刘细君也被称为“和亲公主中的第一才女”。这首诗被班固收入《汉书》，被称为“绝调”。《名媛诗归》评道：“此诗酸楚，令读者伤之。”

这首直抒胸臆、让人闻之伤心的悲歌传到汉武帝的耳中，汉武帝也不禁怜悯不已，于是每隔一年便派遣使者带着锦绣帏帐，赠给刘细君，以慰藉她的思乡之情。

虽然忧伤抑郁，但是刘细君并没有忘记自己的使命。她到了乌孙以后，即开始进行政治活动，经常“置酒饮食，以币帛赐王左右贵人”，以博取乌孙贵族们的欢心，消减他们对于汉朝的敌意。

两年后，乌孙国国王去世，他的孙子军须靡继承王位。按照习俗，新王要继承旧王的所有妻妾。对于游牧民族的这种习俗，自幼接受儒家思想熏陶的细君自然无法接受，于是她写信给汉武帝，请求归国。

汉武帝接到书信后，内心也很同情她的处境，但他考虑更多的当然是国家利益，于是回信给细君说："望以国是为重，随从乌孙国俗。"汉武帝让她接受当地风俗，以成就联合乌孙共击匈奴的大业。细君无法，只得再嫁军须靡。一年后，细君为军须靡生下一女，取名少夫。不久后，细君便忧伤而死。

细君的经历得到了后世很多诗人的同情，她千里和亲，关山万里，屡屡梦回大汉，却只能郁郁而终。唐末诗人孙光宪有《定西番》一词，便是写乌孙公主的思乡之情：

鸡禄山前游骑，边草白，朔天明，马蹄轻。鹊面弓离短韔，弯来月欲成。一只鸣髇云外，晓鸿惊。

帝子枕前秋夜，霜幄冷，月华明，正三更。何处戍楼寒笛，梦残闻一声。遥想汉关万里，泪纵横。

苏武妻

与君结新婚，宿昔当别离

苏武，字子卿，汉族，杜陵（今陕西省西安市东南）人。天汉元年（前 100），匈奴向大汉示好，放回曾经扣留的汉朝使节，于是汉武帝派中郎将苏武率使团出使匈奴，并送还被汉朝扣留的匈奴使者。

苏武早早地结婚了，虽然是父母之命媒妁之言，但他和妻子极为恩爱。苏武出生于官宦之家，他的父亲是代郡太守。当时的婚姻大多都是门当户对，因此推测苏武的妻子应该也是出身大家，且颇通文墨。他们生有一个儿子，叫苏元。

在出使之前，因匈奴是虎狼之邦，苏武心中已经做了最坏的打算，唯独舍不下妻子。在临行之前，苏武恋恋不舍，与妻子执手相看泪眼，写下了一首《别留妻》：

结发为夫妻，恩爱两不疑。欢娱在今夕，嬿婉及良时。

征夫怀远路，起视夜何其？参辰皆已没，去去从此辞。

行役在战场，相见未有期。握手一长叹，泪为生别滋。
努力爱春华，莫忘欢乐时。生当复来归，死当长相思。

这首诗缠绵悱恻，情深无限，令人很难把这首诗跟苏武这个在中国历史上以刚烈忠义著称的男人联系起来。诗中满是苏武对妻子的怜惜与爱意。他在诗中说，我们是结发夫妻，彼此恩爱。可是现在我就要远走出使，前途未卜，不知什么时候才能再见面，只能靠回忆，多多回想起那些在一起时温馨的时刻。我活着，一定会归来，如果我死了，我也会怀着对你的思念离开这个世界。

苏武妻也是柔肠百转，写下了一首《与夫留别》：

与君结新婚，宿昔当别离。凉风动秋草，蟋蟀鸣相随。
冽冽寒蝉鸣，蝉鸣抱枯枝。枯枝时飞扬，身体忽迁移。
不悲身体移，当惜岁月驰。岁月无穷极，会合安可知？
愿为双黄鹄，悲鸣戏清池。

刚刚新婚，丈夫却要与自己别离，妻子内心其实是无比凄凉的。冷风瑟瑟，吹着已经枯黄的秋草，蟋蟀在身边悲鸣着，风中也传来寒蝉在枯枝上的鸣声。枯枝在风中颤动着，她不由得缓缓地走到枯枝之下，禁不住叹息岁月如驰。光阴无穷无尽，在时间的长河中，什么时候才能与丈夫再会面呢？苏武妻内心深处，实在是非常希望自己和丈夫能双宿双飞，化作一对天鹅，在清澈的池水中自在游弋，相依相偎。

洒泪告别妻子之后，苏武带着丰厚礼品，率领一百多人的使团出使匈奴。本来大汉王朝是一番诚意，却不想使团在匈奴时发生意外，苏武被借故扣留，不得返回大汉。

匈奴贵族多次对他威迫利诱，软硬兼施，想要使他投降，但苏武坚贞不屈，铁骨铮铮，始终忠于大汉，匈奴人反而对他佩服起来。单于更是钦佩苏武有气节，想让他归顺，对他百般劝诱、威胁，但苏武誓死不降。单于又把他置于大窖中，不给饮食。当时天上正下着鹅毛大雪，苏武在窖中吞吃雪和毡毛，几天都没死。匈奴人认为他有神灵保佑，不敢杀他。

单于对他用尽了各种办法，始终无法让他屈服，无可奈何之下，便将他迁到北海（今贝加尔湖）边牧羊，扬言要公羊生子方可放他回国。公羊如何能产子？显然匈奴人是不打算放他归国了。

苏武在北海，虽生活屡陷困顿，“渴饮月窟冰，饥餐天上雪”，但他每天持着汉节牧羊，日子一久，旌节上的穗子全掉了，但他仍坚持不降匈奴。他心中始终存着一个希望，希望有朝一日能回到汉朝，回到妻子的身边。可是有一天，李陵给他带来了这样的消息：“子卿妇年少，闻已更嫁矣。”留在大汉的结发妻子以为他死了，已经改嫁他人。

听闻妻子再嫁，苏武胸中大恸。后来他在匈奴也另娶了一个牧羊的匈奴女子为妻，生下了一个儿子，名叫苏通国。

苏武历尽艰辛，留居匈奴 19 年持节不屈，至始元六年（前 81），方获释回汉。《汉书》载：“武留匈奴凡十九岁，始以强壮出，及还，须发尽白。”苏武在匈奴待了 19 年，走的时候 40 岁，是个正值壮年的中年人，回来的时候已经是个白发苍苍的老人了。

回到长安的时候，长安的百姓都出门来迎接他，看见须发尽白的苏武手里紧握着的还是那根象征着大汉的旌节，无不深深感动。

朝廷被他的志节感动，封他为“关内侯”。然而，无论怎么风光，苏武与他结发妻子的心始终是沉痛的。他们一别 19 年，虽然“结发为夫妻，恩爱两不疑”，但是“与君结新婚，宿昔当别离”，她曾经叮嘱他“愿为双黄鹄，悲鸣戏清池”，他也曾向她许诺“生当复来归，死当长相思”。等他再回来时，她已不能再和他在一起，一切都已经物是人非。

苏武妻在历史上并没有留下更多的记载，她的爱情与才华只蕴含在这首诗中流传下来了。明末才女方维仪同情苏武妻与挚爱之人生离死别之痛，曾写下《读苏武传》一诗：

从军老大还，白发生已久。但有汉忠臣，谁怜苏氏妇。

王昭君

翩翩之燕，远集西羌

王昭君，名嫱，字昭君，西汉南郡秭归(今湖北省秭归县人)，她是古代四大美女之一，也是一位善作诗文的才女。

汉元帝时期，匈奴呼韩邪单于亲自来到首都长安，希望同汉朝和亲，以表示求和的诚意:“愿为天朝之婿。”元帝同意了。

汉元帝舍不得派自己家的公主嫁出去，就准备在宫女中选一个女子，封作公主，派到匈奴去。于是，他对后宫下了命令，并表示谁愿意去匈奴，他便把谁当公主看待。

这时后宫中只有一个人勇敢地站了出来，她便是王昭君。

《乐府诗集》记载，王昭君是秭归农人王穰的女儿，生得端正娴丽，明眸皓齿。王穰认为女儿并非常人，因此凡是来求亲的都不肯答应。在昭君 17 岁那年，王穰将女儿献给汉元帝。但汉元帝并未宠幸她，就这样，昭君在后宫郁郁度过了好几年的时光。

王昭君并不是一般的只知用美貌取悦皇帝的宫女，她很有自己的个性与思想，性格坚韧倔强。除此之外，她也通晓文墨，还喜欢写诗。在后宫，她曾经写下一首《五更哀怨曲》，抒发自己内心的忧思：

一更天，最心伤，爹娘爱我如珍宝，在家和乐世难寻；如今样样有，珍珠绮罗新，羊羔美酒享不尽，忆起家园泪满襟。

二更里，细思量，忍抛亲思三千里，爹娘年迈靠何人？宫中无音讯，日夜想昭君，朝思暮想心不定，只望进京见朝廷。

三更里，夜半天，黄昏月夜苦忧煎，帐底孤单不成眠；相思情无已，薄命断姻缘，春夏秋冬人虚度，痴心一片亦堪怜。

四更里，苦难当，凄凄惨惨泪汪汪，妾身命苦人断肠；可恨毛延寿，画笔欺君王，未蒙召幸作凤凰，冷落宫中受凄凉。

五更里，梦难成，深宫内院冷清清，良宵一夜虚抛掷，父母空想女，女亦倍思亲，命里如此可奈何，自叹人生皆有定。

这首诗浅白悲戚，寄托了昭君对家乡、对父母的思念，对宫中生活的厌倦与无奈，以及对未来的迷茫。这首诗也有人说是民间艺人托昭君之名所作，以昭君的口吻描摹她在宫中的心境。

王昭君已入宫多年，却连皇帝的影子都没见过。《后汉书》曾记载，昭君“入宫数岁，不得见御，积悲怨”。她早已厌倦了这种沉闷而毫无希望的生活，希望能改变自己的命运。她实在不甘心在这幽寂的后宫耗尽大好青春，就此度过漫长一生。于是，她便应征而出，主动请求让她出塞和亲。

她没有想到的是，从她站出来应征的那一刻，她就不再是后宫中一个普通的女子，而成为了历史长河中闪闪发光的传奇人物，无数文人墨客歌咏怀想的对象。她的美貌和勇气，被后世的人们仰望了千年。

汉元帝听闻有人应征，自然大喜。他仔细看了看王昭君的画像，觉得她不丑，但也算不上漂亮，中人之姿而已。这一类女子在后宫中比比皆是，少一个也不可惜。于是，元帝选中了她来和亲。

可是，当呼韩邪单于与王昭君临行前被汉元帝召见之时，汉元帝才眼前一亮，见到了一个肌肤胜雪、容色照人的美人，顾盼之间，光芒四射。他惊愕不已，王昭君怎么会如此美丽？“貌为后宫第一。”《后汉书》是这么记载的：“昭君丰容靓饰，光明汉宫，顾景斐回，竦动左右。”《后汉书》中罕有如此篇幅去赞美女子之貌美，可见昭君之绝色倾城。

但是汉元帝后悔也来不及了，堂堂大汉皇帝，总不至于临时反悔吧。他只得宴请单于和昭君来送行。单于得到了这么一个美貌的妻子，自然喜出望外。汉元帝则有苦说不出，眼睁睁地看着美丽的昭君离自己而去。送走昭君之后，汉元帝心中气恼，这样的美女，为什么到了宫中三年，都没被自己发现？他决定好好调查一番。这样一查，果然查出了个究竟。

对于这段轶事，《西京杂记》中有一段记载：

元帝后宫既多，不得常见，乃使画工图其形，案图召幸。诸宫人皆赂画工，多者十万，少者亦不减五万。昭君自恃容貌，独不肯与，工人乃丑图之，遂不得见。后匈奴入朝，求美人为阏氏，于是上案图，以昭君行。及去，召见，貌为后宫第一，善应对，举止闲雅。帝悔之，而名籍已定，帝重信于外国，故不复更人，乃穷案其事。

原来，汉元帝后宫妃嫔、宫女很多，皇帝不能每个都看到，就让画师把她们的相貌全部都画下来，以此挑选喜欢的美人。于是，宫女们都贿赂画师，多的给十万钱，少的也不低于五万钱。只有王昭君自负美貌，不肯贿赂画师，于是得不到皇帝的召见。不久匈奴来朝拜汉元帝，请求赏赐美人作为他们的阏氏。于是元帝从画像中挑选，确定让王昭君出嫁。等到出发的时候，元帝召见了昭君，才发现原来昭君的容貌可称后宫翘楚，而且善于应对，举止优雅。元帝后悔了，但是昭君的名字已经定了下来。元帝注重诚信，所以没有换人。事后，元帝追究调查这件事，查清楚这件事之后，就把给昭君作画的画师毛延寿杀了。

据《西京杂记》载，毛延寿是汉元帝时最著名的人物画家，他“为人形，丑好老少，必得其真”。关于这个故事，后世诗人也议论颇多。宋代王安石曾作《明妃曲》二首，其一为：

明妃初出汉宫时，泪湿春风鬓脚垂。
低徊顾影无颜色，尚得君王不自持。
归来却怪丹青手，入眼平生几曾有。
意态由来画不成，当时枉杀毛延寿。
一去心知更不归，可怜着尽汉宫衣。
寄声欲问塞南事，只有年年鸿雁飞。
……

“意态由来画不成，当时枉杀毛延寿”，昭君的美，是一种生动的美、意态的美，静态的画无法把她动态的美展现出来，就算是再高明的画师也不行。因此，毛延寿着实死得冤枉。

宋代欧阳修为此事也作诗评论，认为美人难得，汉元帝就算杀掉画工也于事无补，只不过是发泄怒气而已：

绝色天下无，一失难再得。虽能杀画工，于事竟何益！

昭君出塞，在路上走了整整三个月。她回首看着长安的方向，无比惆怅，于是作了一首诗，是为《怨旷思惟歌》，又称《昭君怨》：

秋木萋萋，其叶萎黄。有鸟处山，集于苞桑。
养育毛羽，形容生光。既得行云，上游曲房。
离宫绝旷，身体摧藏。志念没沉，不得颉颃。
虽得委食，心有徊惶。我独伊何，来往变常。
翩翩之燕，远集西羌。高山峨峨，河水泱泱。
父兮母兮，进阻且长。呜呼哀哉，忧心恻伤。

在诗中，她把自己比作一只山中小鸟，原本生活得自由自在。后来来到宫中，又被远嫁匈奴，只得独自来到这僻远荒凉的他乡异地。南国的鸟儿飞到了这遥远的西羌之地，从此再也见不到父母，再也回不到家乡，心中满是忧伤。整首诗借物起兴，委婉凄楚，真挚动人，被认为是“三百篇之遗音，而能自出机杼，语气矫激，声情越绝”。

这首诗见载于东汉蔡邕《琴操》，据说是在王昭君去匈奴的路上弹着琵琶所唱，浅吟低唱，缠绵悲戚，凄美至极，以至于大雁听入了神，忘了飞翔，落了下来。中国古代形容四大美人“闭月羞花之貌，沉鱼落雁之容”，这“落雁”说的就是王昭君。而昭君在塞北风沙之中弹着琵琶的倩影，也成了古典仕女图中一幅经典的画面。

王昭君抵达匈奴后，被封为“宁胡阏氏”，深得呼韩邪单于之心。“宁胡”之意，即胡得之，部族安宁。单于认为汉天子赐给他如此美丽的昭君，是对他的格外恩宠，于是又遣使臣带着一块白璧、十匹骏马以及胡地的珍贵宝物前往汉王朝表示答谢之意。就在王昭君抵达匈奴三个月后，汉元帝忽然病倒，不久便去世了。汉元帝死后，汉成帝继位。

第二年，即汉成帝建始元年（前32），王昭君为呼韩邪单于生下一子，被封为右日逐王。幼子在襁褓之中便已封王，可见呼韩邪单于对昭君的宠爱。

又过了一年，呼韩邪单于逝世了，这一年昭君才24岁。大阏氏的长子雕陶莫皋继位，号为复株累若鞮单于。依照匈奴的礼俗，嫡子可以娶庶母做妻子。于是，雕陶莫皋想按照匈奴的风俗娶王昭君为妻。

显然，昭君遇到了和细君公主一样的问题，她无法接受和自己从小所受的教育背道而驰的伦理道德，于是王昭君给汉成帝上书要求返回汉朝，此书信亦“短隽可读”：

臣妾幸得备身禁脔，谓身依日月，死有余芳。而失意丹青，远窜异域，诚得捐躯报主，何敢自怜？独惜国家黜涉，移于贱工，南望汉关徒增怆结而。有父有弟，唯陛下幸少怜之。

但汉成帝也是出于和汉武帝一样的考虑，为了国家的安定，回书敕令王昭君遵从匈奴的风俗。于是，王昭君成了雕陶莫皋的妻子。

王昭君的性格比刘细君要坚韧得多，虽然也思念家乡，虽然也不习惯异域风俗，但是，她并未像刘细君一样抑郁而死，而是努力地适应不断变化的环境，随遇而安。因此，她得以继续生活下去，夫妻恩爱，儿孙满堂。

王昭君与复株累若鞮单于年龄相当，与呼韩邪单于相比，复株累若鞮单于更加适合王昭君。他与王昭君共同生活了11年，王昭君又生了两个女儿。到汉平帝时，单于还送王昭君的大女儿归汉，入侍太后。

王昭君到了匈奴之后，努力改善大汉与匈奴的关系，使得大汉与匈奴有 60 多年没有再发生战争。王昭君的墓地至今尚在，在今内蒙古呼和浩特市旧城南 9 千米处的大黑河畔，据说入秋以后塞外草色枯黄，唯王昭君墓上草色仍是青青郁郁，所以叫"青冢"。

昭君出塞，成为了文人们热衷写作的生动题材。据不完全统计，古代歌咏昭君的诗就有 600 多首，仅六朝隋唐两宋时期便有 240 多首。最早咏王昭君的诗，是西晋石崇的《王明君辞》：

我本汉家子，将适单于庭。辞决未及终，前驱已抗旌。
仆御涕流离，辕马悲且鸣。哀郁伤五内，泣泪沾朱缨。
……

晋代为了避晋文帝司马昭讳，改称昭君为"明君"，因此后人又称昭君为"明妃"。石崇在《王明君辞并序》中道："昔公主嫁乌孙，令琵琶马上作乐，以慰其道路之思。其送明君，亦必尔也。"他了解到刘细君远嫁乌孙途中，曾于马上怀抱琵琶奏乐以自抒怀抱，便认为王昭君定是如此。于是，王昭君"琵琶马上"的形象比刘细君的流传更广了。

清代女诗人郭润玉著有《明妃》一首，盛赞昭君的胆识与功绩：

漫道黄金误此生，朔风吹散马头尘。
琵琶一曲干戈靖，论到边功是美人。

卓文君

愿得一心人，白头不相离

卓文君，西汉蜀郡临邛（今四川省邛崃市）人。她生得容貌秀美，面如芙蓉，眉若远山，又颇有才气，通音律，善弹琴。《西京杂记》卷二记载：“文君姣好，眉色如望远山，脸际常若芙蓉，肌肤柔滑如脂，十七而寡，为人放诞风流，故悦长卿之才而越礼焉。”《史记·司马相如列传》也记载了她的事迹。

卓文君的父亲卓王孙是临邛当地的豪富，拥有良田千顷、华堂绮院、高车驷马。卓氏的祖先本是赵人，后来迁移到了四川临邛，开矿铸铁，并因此致富。卓文君年幼时锦衣玉食，娇生惯养，因此，从小见惯了钱财的她视金如土，个性执着坚韧，认为最宝贵的是真挚之爱，她后来也的确为了爱情抛却富贵与礼教，成就了一段爱情佳话。

她 17 岁时出嫁，但不足一年，丈夫便去世了，她只得回到娘家。父亲卓王孙历来宠爱这个聪颖活泼的小女儿，也舍不得拘束了她。很多人慕名来向她求婚，她都没有动心，直到无意中遇到了司马相如。

司马相如，字长卿，蜀郡成都人，是个俊朗又多才的青年。他出身贫寒，家徒四壁，还有点口吃，但他从小喜欢读书，也弹得一手好琴，还擅长写辞赋，是远近闻名的才子。他原本是汉景帝弟弟梁孝王刘武的门客，梁孝王去世后，他无可依托，只好回到家乡成都。有一天，他来到临邛，拜访好朋友王吉，王吉是当时的临邛令。

在交谈中，王吉得知司马相如尚未婚嫁，就向他提起，临邛首富卓王孙有个女儿卓文君，聪明美丽，与相如恰恰是天生的一对佳侣。一番话说得相如动了心，卓文君的美貌、才华还有财富对他都有着强烈的吸引力。

卓王孙从当地的另一位富豪程郑处得知大才子司马相如来了，便宴请了他，还邀请了很多县中的官员与有名望的人。宴会要开始的时候，相如竟然称病不出席。王吉连忙亲自前往迎接，相如这才姗姗来迟。在场宾客见他风采出众，又见临邛令如此重视他，自然对他更加肃然起敬。

宴会正进行到高潮之时，王吉取出一把绿绮琴，向大家介绍说："听说司马相如不仅写得一手好文，而且擅长琴技。何不弹奏一曲呢？"众人称是。

司马相如象征性地推辞了一番，便欣然答应。他素来口吃，而琴技却正是他所擅长的。于是，他起身抚琴，叮叮咚咚地弹奏起来。

司马相如忽然发现湘帘之后，有个影影绰绰的窈窕身影，他心中一动，知道那定是卓文君。原来，卓文君听说司马相如来做客，很想见识一下这位传说中的大才子。她本来就精通乐律，听到宛转动人的琴声，就悄悄地躲在湘帘之后听着。

司马相如继续轻轻弹奏着那把绿绮琴，琴声清婉悠扬。他弹奏了两首曲子，一首是《凤求凰》，一首是《琴心》，都是他心意的悄然表达，尤其是《凤求凰》：

凤兮凤兮归故乡，游遨四海求其凰。
时未遇兮无所将，何悟今夕升斯堂。
有艳淑女在兰堂，室迩人遐毒我肠。
何缘交颈为鸳鸯，相颉颃兮共翱翔。
凰兮凰兮从我栖，得托孳尾永为妃。
交情通体必和谐，中夜相从别有谁？

卓文君悄悄站在湘帘之后，秋波流转，微笑蔓延，却是一时怔忡。从未有过的感觉在心中宛然漫开，如一枝斜斜绽放的栀子，逸了满心的清凉芬芳。

知音人，自然闻弦歌而知雅意。她立刻便读懂了他的琴意，他在婉转地向她求爱。这大胆而多情的表白悄然拨动了她的心弦，而他在曲辞中又约定了“中夜相从别有谁”，这不就是在召唤她嘛。

她禁不住轻轻掀开一角湘帘，一双清澈的妙目轻轻一转，看见了一个凝神弹奏的清俊少年。她脸上微微一红，这少年的才情、风度、气派无不令她心折。他的目光仿佛无意识地扫来，正好跟她的目光相撞，电光石火间，她心旌摇曳。

于是，爱情就是这样悄然降临，毫无预兆，却满溢欢喜。她就这样，悄然爱上了眼前这个才华横溢的英俊男子。

就在这天晚上，她下了一个决定，一个缔造了中国古代爱情千古传奇的大胆决定——夜奔相如！

她带着侍婢悄悄来到司马相如的旅舍，想和他互诉衷肠。旅舍的门轻轻开了，司马相如眼前，出现了一张微微晕红的芙蓉面，她的眼神又是羞涩，又是坚定，焕发着明亮的神采。他微微一怔，随即知道，这少女一定就是卓文君。

卓文君对着这个身无长物的青衫书生微微一笑。他随即明了，无论山高水远、无论困难重重，她是一定要跟他在一起的。

她果真决心跟他回到成都，患难与共，生死相依。一到天明，他们便出发了，向着成都的方向前进。《史记》中这样写道，相如以“以琴心挑之”，而文君“心悦而好之”，“文君夜亡奔相如，相如乃与驰归成都”。卓文君放弃一切，只为爱情。

消息传开，卓王孙勃然大怒，宣布和文君脱离父女关系，并且不会分给她半点家财。

浪漫的文君很快遭遇了第一次失望。她来到成都后才发现，她爱上的这个男人，虽然才华横溢，却是家徒四壁，并且也没有她所想象的那样有着担当和力量。在成都他不过是一个一贫如洗的书生，两人无法生存下去。

于是，文君又毅然回到家乡，将车马变卖，当垆卖酒。而相如穿上了粗布衣服，干脆当上了酒垆的跑堂，兼做杂事。不顾别人的目光，二人相视而笑，怡然自得。有情饮水饱，那样琴瑟相合、心意相通的日子，该是相如和文君一生中最为纯粹美丽的时光。

卓文君本是富商之女，遗传了父亲的精明能干，通晓经营之道，居然将酒垆做得有声有色。但到底父亲卓王孙心疼女儿，又觉面上无光，无脸见人，整天闭门不出。正好家族诸公也来相劝：“有一男两女，所不足者非财也。今文君已失身于司马长卿，长卿故倦游，虽贫，其人材足依也，且又令客，独奈何相辱如此！”他们劝卓王孙说，他只有一个儿子两个女儿，文君已经和司马相如私奔了，司马相如毕竟是个人才，文君嫁给他也不算委屈，何况文君到底是他女儿，难道一直让她这么受苦下去？于是卓王孙长叹一声，登门“求和”。

卓王孙无可奈何地原谅了他们。慈父心肠到底是软的，卓王孙又分给他们童仆百人，钱百万缗。两人于是关了酒垆，返归成都，买下田宅，成为富贵人家。

文君夜奔相如，从此成为了流传千古的佳话，她大胆追求自由与真爱，无视封建礼教的束缚，并且终于得偿所愿。后世小说和戏曲经常以此作题材。《古今杂剧》之中就有《卓文君私奔相如》一卷。

司马相如此时已患有消渴症，即糖尿病，不宜耽于酒色，但因为沉溺于文君的美貌，病势越发加重，于是作了一篇《美人赋》，用以自我劝诫，写得风流轻巧，圆美流丽：

司马相如，美丽闲都，游于梁王，梁王悦之。邹阳谮之于王曰：“相如美则美矣，然服色容冶，妖丽不忠，将欲媚辞取悦，游王后宫，王不察之乎？”王问相如曰：“子好色乎？”相如曰：“臣不好色也。”王曰：“子不好色，何若孔墨乎？”相如曰：“古之避色，孔墨之徒，闻齐馈女而遐逝，望朝歌而回车，譬犹防火水中，避溺山隅，此乃未见其可欲，何以明不好色乎？若臣者，少长西土，鳏处独居，室宇辽廓，莫与为娱。臣之东邻，有一女子，云发丰艳，蛾眉皓齿，颜盛色茂，景曜光起。恒翘翘而西顾，欲留臣而共止。登垣而望臣，三年于兹矣，臣弃而不许。窃慕大王之高义，命驾东来，途出郑卫，道由桑中。朝发溱洧，暮宿上宫。上宫闲馆，寂寞云虚，门阁昼掩，暧若神居。臣排其户而造其室，芳香芬烈，黼帐高张。有女独处，婉然在床。奇葩逸丽，淑质艳光。睹臣迁延，微笑而言曰：‘上客何国之公子！所从来无乃远乎？’遂设旨酒，进鸣琴。臣遂抚琴，为幽兰白雪之曲。女乃歌曰：‘独处室兮廓无依，思佳人兮情伤悲！有美人兮来何迟，日既暮兮华色衰，敢托身兮长自思。’玉钗挂臣冠，罗袖拂臣衣。时日西夕，玄阴晦冥，流风惨冽，素雪飘零，闲房寂谧，不闻人声。于是寝具既陈，服玩珍奇，金鉔薰香，黼帐低垂，裀褥重陈，角枕横施。女乃驰其上服，表其亵衣。皓体呈露，弱骨丰肌。时来亲臣，柔滑如脂。臣乃脉定于内，心正于怀，信誓旦旦，秉志不回。翻然高举，与彼长辞。”

《美人赋》后半段所写的美人含笑凝睇，令人心旌摇曳。赋中的他驱车东来，从郑国的溱洧河出发，晚上便住在卫国的上宫里。正是在上宫里，他邂逅了这么一个妩媚浓艳、勾魂夺魄的美人。美人又对他时时有心仪亲近之意。这《美人赋》中的美人相貌之原型，据说便是卓文君。

此时的卓文君，是从未有过的幸福。但她不知道的是，有一个想象不到的意外，正悄然向她袭来。

汉景帝逝世后，汉武帝即位。武帝雄才大略，和秉承无为之治、冲淡平和的景帝大不一样。汉武帝读到了司马相如早年跟随梁孝王时所写的《子虚赋》，只觉文辞华美，气势磅礴，十分欣赏，以为作者是前朝之人，叹道："写这篇赋的人真是个才子，可惜我没有和他生活在同一年代。"他身边立刻有人说："陛下，写这篇赋的人是臣的同乡司马相如。"汉武帝大喜，宣召司马相如入宫觐见。

于是司马相如辞别文君，再次来到京师，并为汉武帝献上《上林赋》。《上林赋》盛赞帝王狩猎时的盛大场面，"举凡山川雄奇，花草繁秀，车马垣赫，扈从壮盛，皆纷陈字里行间"。此赋文采飞扬，气势恢宏，是汉赋里面的翘楚。

这篇赋极合汉武帝之心意，汉武帝龙颜大悦，立即拜相如为郎官。相如从此平步青云，深得皇帝及高官赏识。他又为失宠的陈阿娇皇后作《长门赋》，得到了10万钱的润笔费。《长门赋》不仅唤起了汉武帝对陈阿娇的怜惜之心，还成为了千古流传的名篇。

文君在家乡听到消息，又是欣喜，又是安慰，这个男人，果然有了飞黄腾达的一天，她没看错人。可惜，她看中了他的才华，却没看清他的为人。

京城那个地方诱惑太多。而相如自恃才华，风流难免。眼前有了更多让他流连忘返的风景，他越来越少地想起文君，昔日心中那个美目盼兮、巧笑倩兮的文君的影子渐渐淡去。

文君在家中，久不见信至，心中渐渐也有了疑惑。

这时，那封让她痛彻心扉的信到了。

那封信很简单："一二三四五六七八九十百千万"，唯独无"亿"。她是懂他的，一瞥之下，即已明了："亿"通"忆"，他的心已经冷淡了，对她，已经没有忆了。

原来，他要纳妾，他已经移情别恋，想聘茂陵人家年轻漂亮的女儿为妾。这就是那个曾经让她放弃一切、决定生死与共的男人，他没有回应给她同等忠贞的爱情。她连悲痛的时间也没有，立刻坐下，给他回信。

这是她自己选择的男人，她以一贯的勇敢与坚毅，直面着他的不忠。她没有后悔，没有抱怨，更没有以泪洗面，她只是把自己一颗聪慧坚贞的心，借助笔墨，倾诉于信上：

一别之后，二地相思，只说是三四月，又谁知五六年，七弦琴无心弹，八行书无可传，九连环从中折断，十里长亭望眼欲穿，百思想，千系念，万般无奈把君怨。

万语千言说不完，百无聊赖十依栏，重九登高看孤雁，八月中秋月圆人不圆，七月半烧香秉烛问苍天，六月伏天人人摇扇我心寒。五月石榴如火偏遇阵阵冷雨浇花端，四月枇杷未黄我欲对镜心意乱。忽匆匆，三月桃花随水转。飘零零，二月风筝线儿断。噫！郎呀郎，巴不得下一世你为女来我为男……

一，二，三，四，五，六，七，八，九，十，百，千，万，噫（亿），她把这些数字天衣无缝地穿插在诗文中，情感却是那样浓烈。

她又作了一首诗：

皑如天上雪，皎若云间月。闻君有两意，故来相决绝。
今日斗酒会，明日沟头水。躞蝶御沟上，河水东西流。
凄凄复凄凄，嫁娶不须啼。愿得一心人，白头不相离。
竹竿何袅袅，鱼尾何摆摆。男儿重意气，何用钱刀为？

这便是著名的《白头吟》。决绝的背后，隐藏的是一份悲伤而缱绻的柔情，令人无法不感动，也透露出文君对爱情始终不灭的向往："愿得一心人，白头不相离。"这句诗也成为千古名句。

文君还附了一封辞藻绮丽的《诀别书》：

春华竞芳，五色凌素，琴尚在御，而新声代故！锦水有鸳，汉宫有木，彼物而新，嗟世之人兮，瞀于淫而不悟！朱弦断，明镜缺，朝露晞，芳时歇，白头吟，伤离别，努力加餐勿念妾，锦水汤汤，与君长诀！

这惊人的才华与决绝的个性震撼了千里之外的司马相如，他惭愧无比，立即赶了回来，请求宽恕。文君不计前嫌，宽容地原谅了他。

后世诗人对此感叹不已。白居易曾作《井底引银瓶》，写的便是一个与情郎一见钟情私奔到异乡的女子，“墙头马上遥相顾，一见知君即断肠”，而她后来的结局也极为凄惨，“为君一日恩，误妾百年身”。而卓文君并不是普通的女子，她既有财富，也有才华，性格更是明决果断，因此，虽然她遇上的也是一个负心的男子，却避免了始乱终弃的命运。

两人终于携手白头。明代胡应麟在《诗薮》中论及汉魏间夫妇俱有文词而最名显者，首推司马相如和卓文君。

公元前 117 年，司马相如病逝。相如死后，卓文君为之作诔，这篇感情真挚、文采飞扬的《司马相如诔》也流传于世：

嗟夫子兮通儒，少好学兮综群书。纵横剑伎兮英敏有誉，尚慕往哲兮更名相如。落魄远游兮赋《子虚》，毕尔壮志兮驷马高车。忆昔初好兮雍容孔都，怜才仰德兮琴心两娱。永托为妃兮不耻当垆，生平浅促兮命也难扶。长夜思君兮形影孤，上中庭兮霜草枯。雁鸣哀哀兮吾将安如，仰天太息兮抑郁不舒。诉此凄恻兮畴忍听予，泉穴可从兮愿殒其躯。

班婕妤

常恐秋节至，凉意夺炎热

班婕妤，名不详，楼烦（今山西省宁武县）人，汉成帝刘骜嫔妃，善诗赋，有美德，是美貌与才学兼备的女子。

班婕妤出生于官宦之家。班家是汉代人才辈出的一个家族。在汉武帝出击匈奴的后期，越骑校尉班况驰骋疆场，立下不少汗马功劳。班况生三男一女，老大班伯，是一位精通《诗》《书》《论语》的学者；老二班施，官拜谏大夫，以博学有俊才深受皇帝器重；老三班稚，以方直自守见称，终官延陵郎；女儿就是著名才女班婕妤。老三班稚生班彪，班彪生班固、班超和班昭，这“三班”更是光耀千年的人物。班婕妤便是三班的祖姑。

班婕妤善诗赋，通音律，能“诵《诗》及《窈窕》《德象》《女师》之篇”，她端雅持重，“每进见上疏，依则古礼”。她是古代第一位著有作品集的女作家，其作品集为“妇人专集之最古者”（谢无量言），被钟嵘誉为“百年一人”。只是她的作品集已经散佚，并未传世。

汉成帝20岁便即位为帝。他即位之初，班婕妤便因貌美而被选入后宫，最开始被封为少使，后来被封为婕妤。当时宫中嫔妃名号分为十四等：昭仪、婕妤、娙娥、容华、美人、八子、充依、七子、良人、长使、少使、五官、顺常、无涓等。她后来就被称为"班婕妤"，她的本名反倒无人得知了。

初入宫时，汉成帝对她很是宠爱，而班婕妤对成帝也极为崇敬。据《汉书》记载，班婕妤曾多次在家人面前称赞成帝："……数为臣言成帝善修容仪，升车正立，不内顾，不疾言，不亲指。临朝渊嘿，尊严若神，可谓穆穆天子之容者矣！"

皇帝在宫苑巡游时，常乘坐一种豪华的车子，绫罗为帷幕，锦褥为坐垫，两个人在前面拖着走，称为"辇"；至于皇后妃嫔所乘坐的车子，则仅有一人牵挽。汉成帝为了能与班婕妤更加亲近，于是想与班婕妤同辇而行。这本来是绝大的恩宠，但没想到的是，班婕妤毅然拒绝了，她说："观古图画，贤圣之君皆有名臣在侧，三代末主乃有嬖女，今欲同辇，得无近似之乎？"她认为，察看古代的图画，贤明的圣主都有名臣在身旁，而夏、商、周三朝的末代皇帝桀、纣、幽，则有宠妃妹喜、妲己、褒姒在侧。汉成帝认可了她的说法，便没有和她同乘，却对她越发敬爱。

太后听说了这件事，盛赞她的贤德，欢喜地说道："古有樊姬，今有班姬。"樊姬是楚庄王的妃子，是著名的贤妃。楚庄王才即位时，喜欢打猎，践踏良田，不务正业，樊姬苦苦相劝，但效果不大。于是樊姬茹素，从此不再吃肉，楚庄王终于感动了，改过自新。后来又由于樊姬的推荐，楚庄王重用贤人孙叔敖为令尹，三年而称霸天下，成为"春秋五霸"之一。

班婕妤本居于后宫的增成舍，后因为怀孕而移居"别馆"。她生育过一个男孩，但只有数月孩子便夭折。虽然没有子嗣，但是因为皇帝的宠爱，在建始至河平年间（前32—前25），班婕妤与许皇后的家族都权倾朝野。这几年也是班婕妤最受宠的时期。

可惜好景不长，随着时间的流逝，班婕妤年长色衰，渐渐失宠，为了自救，她便举荐自己的侍婢李平入侍。李平很快获得宠幸，也被立为婕妤，号卫婕妤，与班婕妤平起平坐。

又过了一两年，汉成帝微服外出，在阳阿公主府上偶遇到了绝色美女赵飞燕，便为之神魂颠倒，将之接入宫来，后来又迎进了她的妹妹赵合德。姐妹俩不仅姿容绝世，而且风情万种。女子之美主要有两种，一种是端庄持重，一种是风流宛转。无可奈何的是，似乎后者更得成帝之心。从此，汉成帝便沉迷于声色之中，无心国事。他眼中只有飞燕合德，不再记得班婕妤，更不用说许皇后。

《资治通鉴》记载，因成帝沉迷宴乐，太后及各舅父日夜感到担忧，于是推举凉州刺史谷永来劝谏成帝，成帝不但没有听进去谏言，还勃然大怒，下令将谷永下狱。

许皇后十分痛恨赵氏姐妹，无可奈何之余，铤而走险，在寝宫中设置神坛，诅咒她们。这是宫中最为忌讳之事，自然纸包不住火。

事情败露以后，太后与成帝均震怒。成帝把许皇后废居昭台宫。赵氏姐妹本来就妒忌班婕妤的才华和容貌，于是赶紧趁这个机会陷害她。汉成帝听信谗言，逼问班婕妤，班婕妤从容不迫地说："妾闻生死有命，富贵在天，修正尚未得福，为邪还有何望？若使鬼神有知，岂肯听信谗说？万一无知，咒诅何益，妾非但不敢为，也是不屑为！"

汉成帝觉得她说得有理，加之对她也一直心中愧疚，于是不予追究，并且厚加赏赐。虽然这件事不了了之，但是所爱之人居然会听信谗言，怀疑自己，班婕妤已经心灰意懒，为了避开宫中的斗争，保护自己和家人，她主动要求到长信宫伺候太后。从此，她便远离了成帝。

她心中满是幽怨不平之意，于是作《怨歌行》，又名《团扇歌》，以秋扇自比，自伤身世：

新制齐纨素，皎洁如霜雪。裁作合欢扇，团圆似明月。
出入君怀袖，动摇微风发。常恐秋节至，凉意夺炎热。
弃捐箧笥中，恩情中道绝。

用洁白的细绢剪裁而成的团扇，皎洁如霜雪，团圆如明月，天热时被主人珍藏在袖中，用以驱走炎热。到了凉秋时节，团扇再无用武之地，便被弃置箱中。这首诗纤细委婉，充满无奈和悲伤之情，成为宫怨诗的代表之作。钟嵘《诗品》评此诗说："《团扇》短章，辞旨清捷，怨深文绮，得匹妇之致。"沈德潜《古诗源》评道："用意微婉，音韵和平。"

后来晋代诗人陆机同情班婕妤的遭遇，为她写了一首《班婕妤》，用团扇典：

婕妤去辞宠，淹留终不见。寄情在玉阶，托意唯团扇。
春苔暗阶除，秋草芜高殿。黄昏履綦绝，愁来空雨面。

清代著名词人纳兰性德在《木兰辞·拟古决绝词柬友》中写道："人生若只如初见，何事秋风悲画扇。"也是化用了班婕妤《团扇歌》的这个典故。

班婕妤又在长信宫中作《自悼赋》，回顾人生经历，感叹自己的身世，其中用典甚多，词彩华茂：

承祖考之遗德兮，何性命之淑灵。登薄躯于宫阙兮，充下陈于后庭。蒙圣主之渥惠兮，当日月之盛明。扬光烈之翕赫兮，奉殊宠于增城。既过幸于非位兮，切庶几乎嘉时。每寤寐而太息兮，思佩襦以自思。陈女图以镜鉴兮，顾女史而问诗。悲晨妇之作戒兮，哀褒阎为邮。美皇英之女虞兮，荣任姒以母周。虽愚陋之靡及兮，敢舍心而忘兹。历年岁而悼惧兮，闵蕃华之不滋。痛阳禄与柘馆兮，仍襁褓而离灾。岂妾人之殃咎兮，将天命之不可求。白日忽已移光兮，遂晻莫而昧幽。犹被覆载之厚德兮，不废捐于罪邮。奉供养于东宫兮，托长信之末流。共洒扫于帷幄兮，永终死以为期。愿归骨于山足兮，依松伯之余林。

重曰：潜玄宫兮幽以清，愿门闭兮禁门扃。华殿尘兮玉阶苔，中庭萋兮绿草生。广室阴兮帷幄暗，房栊虚兮风泠泠。感帷裳兮发红罗，纷綷縩兮纨素声。神眇眇兮密靓处，君不御兮谁为荣？俯视兮丹墀，思君兮履綦。仰视兮云屋，双涕兮横流。顾左右兮和颜，酌羽觞兮销忧。惟人生兮一世，忽一过兮若浮。已独享兮高明，处生民兮极休。勉虞精兮极乐，与福禄兮无期。《绿衣》兮《白华》，自古兮有之。

后来成帝死去，班婕妤便要求充奉园陵，于是，她便成为了成帝的守墓人。不久，她静静地死去了，死时 40 多岁，死后埋葬在成帝陵之中。

班婕妤作品现今存世的还有《捣素赋》和《怨歌行》。《宫闱氏籍艺文考略》评价其作品："班姬二赋，《自悼》则《小雅》之苗裔，《捣素》乃鲍谢之滥觞。二班奕奕，流耀两京，大家如白发清裙，婕妤殆藐姑冰雪矣。"

她还有一封家信《报诸侄书》，被认为是至今可考的中国古代女性所写的第一篇文学批评专论，体现了她"推诚写实"的文学主张。有学者把班婕妤的文学思想概括为"情深至淡"："记言属见所赐赵婕妤书以相比，元帝被病无悰，但锻炼后宫贵人，书也类多华辞。至如成帝，则推诚写实，若家人夫妇相与书矣，何可比也？故略陈其长短，令汝曹自评之。”班婕妤在《报诸侄书》中对当时强调文学情感特征的时代风尚进行了创造性的理论总结。她通过对汉代元、成二帝书信文学风格的比较，表明了自己的美学观念——以“平实真挚”为重。这篇文章在女性文学批评史，乃至整个中国文学批评史上都具有重要意义。

班婕妤其实是位深具智慧的后宫女性。汉代后宫斗争复杂，班婕妤虽然失宠，却能全身而退，并使得班家不受牵连，且受到皇帝宠信，后来“三班”更是大放光芒，成就了汉代名声大振的班氏家族。

赵飞燕

秋风起兮天陨霜，怀君子兮渺难忘

赵飞燕，江都（今江苏省扬州市）人，飞燕是她的号，她的真名不得而知，《飞燕外传》称其名为赵宜主。因为身姿轻盈如燕，又精通音律、舞姿超群，人们便称她为“飞燕”。

赵飞燕是中国古代轻盈窈窕美人的代表。所谓环肥燕瘦，环肥就是指杨玉环，燕瘦就是指赵飞燕了。“环肥燕瘦”出自宋代苏轼《孙莘老求墨妙亭诗》：“杜陵评书贵瘦硬，此论未公吾不凭。短长肥瘦各有态，玉环飞燕谁敢憎。”

赵飞燕不仅美貌，而且很有诗才，只不过她的诗才被她的美貌和经历给掩盖了。

她出身平民之家，家境贫穷，跟妹妹一起被选入宫中为家人子（即宫女），后来成为汉成帝刘骜的第二任皇后。

汉成帝即位十多年，还没有子嗣，未免闷闷不乐。有一次他微服外出，来到阳阿公主府。阳阿公主把府中的婢女都叫出来，希望汉成帝能有相中的女子,带回宫中。如平阳公主献卫子夫给汉武帝一样,汉成帝见到了时为阳阿公主婢女的赵飞燕。赵飞燕柔美明净的眼波、悦耳清亮的歌喉以及曼妙轻盈的舞姿,很快便征服了汉成帝。他当天便将她带入宫中。

只是,飞燕并不是卫子夫那样温柔和顺的性子,而是个颇具野心的奇女子。她的舞技也远在卫子夫之上,后来更成为古代顶级舞者的代言人之一。

《西京杂记》中载:“赵后体轻腰弱,善行步进退。”《赵飞燕别传》中载:“赵后腰骨纤细,善踽步而行,若人手持花枝,颤颤然,他人莫可学也。”赵飞燕拥有近乎神奇的舞蹈技艺。传说她还能站在人的手掌之上扬袖飘舞,身姿翩然,体轻如燕。唐代诗人徐凝作《汉宫曲》:“水色箫前流玉霜,赵家飞燕侍昭阳。掌中舞罢箫声绝,三十六宫秋夜长。”掌中舞从此成了赵飞燕的独有标志。

彼时,汉成帝身边还有一个以才色和贤德闻名的班婕妤,但他的心,已经被具有惊人美貌、袅娜身姿的赵飞燕给牢牢占据了。他带赵飞燕回宫后,极为宠幸,便冷落了后宫中其他妃嫔,包括许皇后与班婕妤。

后来汉成帝听说飞燕还有一个妹妹赵合德,也是出色的美人,她的发式、眉形、装扮都各有讲究:“合德新沐,膏九曲沉水香,为卷发,号‘新髻’;为薄眉,号‘远山黛’;施小朱,号‘慵来妆’;衣故短,绣裙小袖,李文袜。”于是将赵合德也召入宫中,姐妹“俱为婕妤,贵倾后宫”,一时风头无两。

鸿嘉三年(前18),许皇后在后宫蛊诅赵氏姐妹被发现,赵飞燕趁机告发许皇后。太后大怒,下令彻查,许皇后因此被废。之后汉成帝想立赵飞燕为皇后,但太后嫌弃她出身卑微,不肯同意。但成帝决心已下，太后也无法左右他的心意。

永始元年(前16)四月，成帝先封赵飞燕的父亲赵临为成阳侯，改变了赵飞燕卑微的身份，使之成为侯门之女。同年六月，成帝封赵飞燕为皇后，封赵合德为昭仪，并大赦天下。

帝王喜新厌旧，赵飞燕成为了皇后之后，汉成帝对她的宠爱也渐渐不如往日，将爱她的心思渐渐转移到了她妹妹赵合德身上，并将合德比作“温柔乡”。《汉书》记载：“皇后既立，后宠少衰，而弟绝幸，为昭仪。居昭阳舍，其中庭彤朱，而殿上髹漆，切皆铜沓黄金涂，白玉阶，壁带往往为黄金釭，函蓝田璧，明珠、翠羽饰之。”汉成帝为合德修建的昭阳殿极尽奢华。中庭以彤红之色为主，殿内油漆一新。门限以黄铜装饰，并镶上黄金。阶梯都是以白玉砌成的，殿内壁上的横木以金环装饰，同时嵌入贵重的碧玉、明珠、翠羽，真是光华灿烂，富丽堂皇。合德从小和飞燕一起长大，姐妹俩共患难，感情很深，因此飞燕的地位并未因皇帝移宠而动摇。

在那深宫之中，赵飞燕绝美的传说仍在继续。据记载，赵飞燕体态极其轻盈，每当她当风起舞时，就好像要乘风而去一般。汉成帝为此专门为她造水晶盘，并命令宫女用手托盘，让赵飞燕在水晶盘上起舞。

有一天，赵飞燕穿了一件云英紫裙来到太液池边，在笙歌鼓乐中跳起舞来。突然间狂风大作，赵飞燕裙裾飘飘，竟然被风吹得飞了起来。于是汉成帝赶紧叫乐师们拉住她的裙摆，免得她被风吹走。待风停时，众人发现她的云英紫裙已经被抓皱了，从此宫女们盛行穿折叠出褶皱的裙子，并称之为“留仙裙”。后来，汉成帝为防止赵飞燕被风吹走，还修建了一座七宝避风台，供她跳舞。

《西京杂记》中说：“赵后有宝琴曰凤凰，皆以金玉隐起，为龙凤螭鸾古贤列女之象，亦善为归风送远之操焉。”赵飞燕曾经作过一首《归风送远操》，又称《归风送远曲》：

秋风起兮天陨霜，怀君子兮渺难忘，感予意兮多慨慷！

天陨霜兮狂飙扬，欲仙去兮飞云乡，威予以兮留玉掌。

操为琴曲的一种，《风俗通·声音》篇道：“其遇闭塞忧愁而作者，命其曲曰操。”《归风送远操》气魄宏远，境界阔达，但它竟然出自一代美人赵飞燕之手，可见飞燕是有诗才的，不止能歌善舞。

但在十余年的后宫斗争中，赵飞燕也不是当年那个跳着轻盈舞步、弹着凤凰琴清唱的美貌少女了，也不可能再有心情作诗了，而她跳舞也是有目的性的，为了帝王的欢悦与权力的诱惑而跳，而不是为自己的心。在后宫中，她终于爬上权力顶峰，但早已迷失了自己。后宫中的女子，除了班婕妤及时避祸得以善终之外，几乎都被赵氏姐妹迫害过，连皇嗣也无法保全。当时民间流传着一首讥刺赵飞燕的童谣：“燕燕，尾涎涎，张公子，时相见。木门仓琅根，燕飞来，啄皇孙。皇孙死，燕啄矢。”

汉成帝因沉溺于酒色，后来死于未央宫，当时他身边唯有合德。飞燕姐妹无子，汉成帝的弟弟定陶王刘欣即位，即汉哀帝。太皇太后“治问皇帝起居发病状”，赵合德与成帝的死有关，论罪当诛，于是她畏罪自杀。赵飞燕则被尊为皇太后。汉哀帝6年后就死了，汉平帝刘衎即位后，赵飞燕被贬为庶人。

此时，繁华落尽，赵飞燕在宫中自杀而死。

徐淑

思君兮感结，梦想兮容辉

徐淑，东汉女诗人，陇西（今甘肃通渭）人。据《隋书》记载，徐淑本有诗文集一卷传世，但现已散佚。

在文学史上，徐淑的名字是跟丈夫秦嘉联系在一起的。两人并非出身高门大户，都只是平民百姓，又没有什么荡气回肠、跌宕起伏的轶事。但两人情深意笃，又都颇有诗才，平素里诗歌唱和，心灵相通。这样凡俗里的温暖的生活，亦是极幸福的。《古文苑》卷八有秦嘉《述婚》诗，描写的便是自己与徐淑的婚礼，一派喜气洋洋：

群祥既集，二族交欢。敬兹新姻，六礼不愆。
羔雁总备，玉帛戋戋。君子将事，威仪孔闲。

徐淑和秦嘉其实并未想过流芳千古，只想做俗世中最普通的一对恩爱夫妻，却没有想到，他们情致缠绵的诗作与书信，让两人从此不朽。现在流传下来的，有秦嘉诗 6 首、文 2 段，徐淑诗 1 首、文 3 段。除徐淑《为誓书与兄弟》外，都是夫妇往来叙情之作，满蕴了对彼此的相思之意。

东汉桓帝时，秦嘉为郡上计吏，离开家乡陇西远赴洛阳，被任命为黄门郎。而徐淑因为生病，住在了汉阳平襄的娘家，秦嘉独身赴任。临走之前，秦嘉想起这一去路程遥遥，想再见妻子一面，便雇了一辆车去接徐淑，并写信给她说：

不能养志，当给郡使。随俗顺时，黾俛当去。知所苦耳，未有瘳损。想念悒悒，劳心无已。当涉远路，趋走风尘。非志所慕，惨惨少乐。又计往还，将弥时节。念发同愿，意有迟迟。欲暂相见，有所嘱托。今遣车往，想必自力。

但是徐淑病势沉重，挣扎不起，无法坐车前来与丈夫相聚。她只得写了一封信给丈夫，这便是《答夫秦嘉书》：

知屈珪璋，应奉藏使，策名王府，观国之光，虽失高素皓然之业，亦是仲尼执鞭之操也。自初承问，心愿东还，迫疾唯宜，抱叹而已。日月已尽，行有伴例，想严庄已办，发迈在近。谁谓宋远，企予望之。室迩人遐，我劳如何？深谷逶迤，而君是涉；高山岩岩，而君是越，斯亦难矣。长路悠悠，而君是践；冰霜惨烈，而君是履，身非形影，何得动而辄俱？体非比目，何得同而不离？于是咏萱草之喻，以消两家之思，割今者之恨，以待将来之欢。今适乐土，优游京邑，观王都之壮丽，察天下之珍妙，得无目玩意移，往而不能出耶！

秦嘉担心妻子的病情，又想着此次一别，不知如何相见，便写下了朴素动人的《赠妇诗三首》。在这些诗中，他把人间平凡的夫妇之情，用平易和缓的笔调叙出，温暖醇厚，“痴心絮语，真挚可爱”。第一首写他“长夜不能眠，伏枕独辗转”：

人生譬朝露，居世多屯蹇。忧艰常早至，欢会常苦晚。
念当奉时役，去尔日遥远。遣车迎子还，空往复空返。
省书情凄怆，临食不能饭。独坐空房中，谁与相劝勉。
长夜不能眠，伏枕独辗转。忧来如循环，匪席不可卷。

第二首写秦嘉想到妻子的居处去探望妻子，却终因路途遥远、交通不便等原因未能成行，只得又把相思情意，都系于诗中，字字句句，都是对妻子的依恋之情；

皇灵无私亲，为善荷天禄。伤我与尔身，少小罹茕独。
既得结大义，欢乐苦不足。念当远离别，思念叙款曲。
河广无舟梁，道近隔丘陆。临路怀惆怅，中驾正踯躅。
浮云起高山，悲风激深谷。良马不回鞍，轻车不转毂。
针药可屡进，愁思难为数。贞士笃终始，恩义可不属。

第三首写秦嘉终于不得不动身，于是他以宝钗、明镜、香料、素琴等赠送徐淑，并以诗经中“木瓜琼瑶”之典，来表明自己的相思之意：

肃肃仆夫征，锵锵扬和铃。清晨当引迈，束带待鸡鸣。
顾看空室中，仿佛想姿形。一别怀万恨，起坐为不宁。

何用叙我心，遗思致款诚。宝钗好耀首，明镜可鉴形。
芳香去垢秽，素琴有清声。诗人感木瓜，乃欲答瑶琼。
愧彼赠我厚，惭此往物轻。虽知未足报，贵用叙我情。

夫妻二人本来恩爱情重，虽然日子并不富裕，但也过得极有滋味。丈夫升官奔赴京城，本是好事，却造成了二人的永久分离。如果当初秦嘉猜中了这结果，还会不会为了仕途而离开病中的妻子呢？

在秦嘉的《赠妇诗三首》里，满满的都是离别的忧愁。三首诗都有对车驾的描写，用来衬托诗人百感交集的复杂心情。“遣车迎子还，空往复空返”“良马不回鞍，轻车不转毂”“肃肃仆夫征，锵锵扬和铃”充满着种种失落、徘徊，以及无可奈何。他还写了一封信，随信奉上诗中写明的要送给妻子的礼品：明镜一面、宝钗一双、丝履一双、香料四种、素琴一张。他恨不得把世间所有的宝物都献给妻子，只为了博她一笑，让她得展欢颜：

车还空返，甚失所望。兼叙远别，恨恨之情，顾有怅然。闲得此镜，既明且好，形观文彩，世所希有，意甚爱之，故以相与。并致宝钗一双，价值千金；龙虎组履一緉；好香四种，各一斤；素琴一张，常所自弹也。明镜可以鉴形，宝钗可以耀首，芳香可以馥身去秽，麝香可以辟恶气，素琴可以娱耳。

徐淑收到丈夫的诗之后，满心温情柔意，便将满腔心意诉诸一首答诗之中：

妾身兮不令，婴疾兮来归。沉滞兮家门，历时兮不差。

旷废兮侍觐，情敬兮有违。君今兮奉命，远适兮京师。
悠悠兮离别，无因兮叙怀。瞻望兮踊跃，伫立兮徘徊。
思君兮感结，梦想兮容辉。君发兮引迈，去我兮日乖。
恨无兮羽翼，高飞兮相追。长吟兮永叹，泪下兮沾衣。

她的存世之诗，只留下了这么一篇《答秦嘉》，但一往情深，真挚动人。这首诗虽然是五言诗，但其实是四言诗的一种变化，每句诗里都有一个“兮”，这算得上是徐淑的巧思独创。她虽然很想跟着丈夫前去洛阳，两人长相厮守，却疾病缠身，无法跟随，不禁感叹无奈，泪下沾衣。

她在收到丈夫的信与礼物之后，心中柔情无限，作了一封《再答夫秦嘉书》：

淑再拜言，意念隆笃。薄佑受天罚苦，故复谴信。既惠音令，兼赐诸物，厚顾殷勤，出于非望。镜有文彩之丽，又有殊异之观，芳香既珍，素琴益好。歌诗宛约，妙语新声。惠诸物于鄙贱，割所珍以见赐，非丰恩之厚，熟肯若斯？览镜执钗，情想仿佛；操琴咏诗，思心成结。敕以芳香去秽，喻以明镜览形，此言过矣，不获妄心。昔诗人有飞蓬之感，班妾有谁容之叹。览镜将欲何施，去秽将欲谁为？素琴之作，将欲君归。明镜之览，将待君至。未奉光仪，则宝钗不设。未侍帏帐，则芳香不陈。囊来问讯，云以能路。分别之恨，情兼来书。亦念吾君，闲在空舍。止则独处，无与言对。去则独发，无有侍奉。进登山陵，退背丘墓。怅恨之情，情亦多矣。道路虽长，往□□流。计度往还，势亦不久。安不忘危，圣人之诫。颇自爱重，晚行早止，慎所行路。步信稽迟。恐不相及。今故谴马奉谢□□，并裁诗二篇，以叙分别之苦，兼上玉□十□，以备行□之□……不复多云。徐淑再拜。

徐淑对丈夫说，这些美好而珍贵的礼物，会暂时收起不用。要等到夫君归来、夫妻重聚之时，她才会用它们来打扮自己，让自己光彩照人地出现在爱人面前。隐含的深情话语即是，她会一直等待着他，直到他归来与她重聚的那一天。

岁月绵长，而人生苦短。好在，爱可以永恒。秦嘉、徐淑夫妇彼此恩爱，所赠的明镜、宝钗、好香、素琴，已成为后世夫妻情人间情谊信物的象征。

《玉台新咏》还收入了秦嘉另一首四言《赠妇诗》，亦是思念之作：

暧暧白日，引曜西倾。啾啾鸡雀，群飞赴楹。
皎皎明月，煌煌列星。严霜凄怆，飞雪覆庭。
寂寂独居，寥寥空室。飘飘帷帐，荧荧华烛。
尔不是居，帷帐焉施？尔不是照，华烛何为？

南朝梁钟嵘《诗品》把他们列入中品："夫妻事既可伤，文亦凄怨。二汉为五言诗者，不过数家，而妇人居二。徐淑叙别之作，亚于团扇矣。"明代胡应麟著《诗薮》称赞："秦嘉夫妇往还曲折，具载诗中。真事真情，千秋如在。非他托兴可以比肩。"而清代沈德潜评说："词气和易，感人自深，然去西汉深厚之风远矣。"诗贵真情，秦嘉、徐淑的诗情真意切，感人至深，把这一点强调到了极点。

后来秦嘉客死他乡，徐淑痛失所爱，哀伤不已。徐淑的哥哥逼她改嫁。她"毁形不嫁，哀恸伤生"，并写了一封《为誓书与兄弟》，语云："烈士有不移之志，贞女无回二之行，淑虽妇人，窃慕杀身成义，死而后已。”表明自己不嫁的决心。后来，徐淑因为悲伤过度，抑郁而终。

他们成为了夫妻恩爱的代表性人物，明代叶绍袁、沈宜修夫妇也都是才华横溢的文学家，当时的人们就把他们比作秦嘉、徐淑。

苏伯玉妻

结巾带，长相思

汉代有位女子，因思念出差在外的丈夫，写了一首古灵精怪的《盘中诗》，这是历史上最早的一首回文诗。这位才女的名字并没有流传下来，因她的丈夫是苏伯玉，她便被称为“苏伯玉妻”。

《盘中诗》见于宋人桑世昌《回文类聚》及清人朱象贤《回文类聚续编》。书中说：“汉苏伯玉之妻作《盘中诗》。回文之体遂兴。”全诗 27 韵，共 49 句。清代沈德潜《古诗源》谓：“此诗似歌谣，似乐府，杂乱成文，用意忠厚，千古绝调。”

传说苏伯玉曾官游蜀地，因风景优美秀丽，他不由得流连忘返，再加上政务繁忙，竟忘记了新婚不久远在长安的妻子，很久都没有回家，连书信也没有一封。

苏伯玉的妻子是一位极其聪慧的女子。她独守空房，闺中寂寞，对丈夫思念不已，每日倚门翘首盼望，却总不见丈夫归来。于是她将满腹缠绵心事细细写成了一首灵慧巧思的《盘中诗》，以诗代书，以盘代函，委曲旋转成文，并把这个写满诗句的盘子寄给了丈夫：

山树高，鸟鸣悲。泉水深，鲤鱼肥。
高仓雀，常苦饥。吏人妇，会夫稀。
出门望，见白衣。谓当是，而更非。
还入门，心中悲。北上堂，西入阶，
急机绞，杼声催。长叹息，当语谁？
君有行，妾念之。出有日，还无期。
结巾带，长相思。君忘妾，未知之。
妾忘君，罪当治。妾有行，宜知之。
黄者金，白者玉。高者山，下者谷。
姓者苏，字伯玉。人才多，知谋足。
家居长安身在蜀，何惜马蹄归不数！
羊肉千斤酒百斛，令君马肥麦与粟。
今时人，知四足，与其书，不能读，当从中央周四角。

这是一首三言诗。三言诗极为少见，后世也绝少，汉代女子中作三言诗的也只有唐山夫人和苏伯玉妻。盘中诗，是将诗句写于盘中，屈曲成文，词意回环。“当从中央周四角”就是从中间向四周读。当真是玲珑璇玑巧心思，明人胡应麟也说它“绝奇古”。

这的确是一首非常纯朴动人的情诗。沈德潜《古诗源》关于此诗的评语说：“使伯玉感悔，全在柔婉，不在怨怒，此深于情。”诗歌开篇便连用比兴。山上的树高耸入云，鸟儿受寒风袭扰而悲鸣不止，所隐含的话语是，她像鸟儿被寒风所扰一般，被相思所困。泉水幽深，鲤鱼便肥美，而她失去了爱情的滋润，已经渐渐憔悴消瘦。空仓里的麻雀，常常要忍受饥饿之苦，而她想见他而不得，也是常常忍受着思念之苦。由此顺理成章地引出“吏人妇，会夫稀”。她和丈夫见面是那样的少啊。刻骨相思，从字里行间透出。

她心中思念丈夫，因而天天出门张望，相思太浓，精神恍惚，竟把一个素不相识的白衣男子认成了丈夫。她失望地走进门来，心中浮起悲伤，然而又无可奈何，只得“北上堂，西入阶”，来到织布房，默默地织起布来，在机杼声中仍然忍不住悄然叹息。

夫君出门的那一日，她一直念念不忘，可是夫君什么时候归来却遥遥无期。思念像衣带上系的结，回环往复，难舍难分。而夫君是不是已经把她忘记，这就只有上天才能知道了。而她所知道的是，她绝不会忘记了他。她对他的爱，像“黄者金，白者玉。高者山，低者谷”一般，永远不会改变。

最后，她忍不住轻声呼唤，苏伯玉啊，你人才出众，足智多谋，本来身居长安，如今宦游蜀地，为何要爱惜马蹄，不驱马回来呢？快点回来吧，家中有千斤羊肉、百斛美酒来慰劳你，也有充足的麦粟来喂你的马。

苏伯玉妻写完诗，放下笔，站起身来，倚窗而望，望着那遥遥的远方。她仍在思念那个把她抛之脑后的丈夫，她心中的想法便是，只要你回来，我就满足了。

这首诗是这样的柔情缱绻，热烈坚贞。她是真的爱那个薄情之人，并未一味地诉说自己的相思之苦，而是温柔地阐述自己的坚贞。

苏伯玉妻所写的这首盘中诗，是中国最早的回文诗，不过它只能左读、右读，不能倒读、回读。后来，便有了回文诗集大成者、才女苏蕙的《璇玑图》，辉映千古。

清代朱存孝《回文类聚序》中有道：“诗体不一，而回文尤异。自苏伯玉妻《盘中诗》为肇端，窦滔妻作《璇玑图》而大备。”冰雪聪明的苏惠在那八寸见方的织锦之上，用五彩丝线织成 841 字，顺读，倒读，横读，斜读，交互读，重一字读，间一句读，左右旋读，竟然都能成为诗篇。其心思奇巧，令人叹为观止。

只缘感君一回顾，使我思君朝与暮

无名氏

《汉书·艺文志》曰：“哀乐之心感而歌咏之声发，诵其言谓之诗，咏其声谓之歌。故古有采诗之官，王者所以观风俗、知得失、自考正也。”周朝设有专门采集诗歌的官员，即采诗官。他们巡游各地，在乡野，在田园，在水边，听取那原生态的民间歌谣，将之收集记录下来。

秦代设有乐府，汉初乐府并没有保留下来。到了汉武帝时，又重建乐府，它的职责是采集民间歌谣或文人的诗来配乐。民间歌谣则大多没有作者的名字。

汉乐府中有两首《古相思曲》，意境空灵朦胧，扑朔迷离，然而柔情缱绻，完全是女子的口吻，但作者的名字也没有流传下来：

十三与君初相识，王侯宅里弄丝竹。
只缘感君一回顾，使我思君朝与暮。
再见君时妾十五，且为君作霓裳舞。

可叹年华如朝露，何时衔泥巢君屋？

君似明月我似雾，雾随月隐空留露。
君善抚琴我善舞，曲终人离心若堵。
只缘感君一回顾，使我思君朝与暮。
魂随君去终不悔，绵绵相思为君苦。
相思苦，凭谁诉？遥遥不知君何处。
扶门切思君之嘱，登高望断天涯路。

这两首诗中共同的一个句子是“只缘感君一回顾，使我思君朝与暮”。只因为在人群中多看了你一眼，从此，再也没能忘掉你容颜。

第一首《古相思曲》说的是，13 岁时，女子初见那男子，那时，她是王府之中弹拨琴弦的歌女，但是，那男子不经意的一瞥，却让那女子心如小鹿乱撞，从此魂牵梦绕，朝朝暮暮。再见那男子时，女子已是盈盈十五，正当最好年华，她在男子身边跳着轻盈的霓裳舞蹈，心中却是忧愁，这年华如朝露一般转瞬即逝，什么时候，才能和那男子真正结缘呢？

在贵族的府邸里，常常有技艺高超的歌女为宾客弹琴助兴。而欣赏能力佳的宾客，也会得到美人的青睐和思慕。比如说，三国时的周郎周瑜，不仅年少英俊，而且精通音律，只要弹琴的歌女弹错了一个音符，他马上就能察觉，抬眼看那个歌女。因此，喜欢他的歌女，常常故意弹错音律，以换来周郎的一个注视。

唐代李端曾以此为典，写过一首这样的小诗《听筝》：

鸣筝金粟柱，素手玉房前。欲得周郎顾，时时误拂弦。

那心思玲珑的弹筝女，心心念念想得到心上人周郎的一个眼神，于是聪明地不时拨错了琴弦，换来他微微诧异的眼神。她的心，却为了他的这一眼，欢喜无限。不过这诗中的少女，比之《古相思曲》中的女子，来得活泼灵巧。她在主动引起周郎注意，而不是被动等待。

第二首《古相思曲》说的是那男子皎如明月，而女子只觉自己渺茫如轻雾。当月亮隐去时，轻雾也就消散无痕。只有那草尖树梢的露珠，证明了爱曾经来过。那男子善于抚琴，而女子善于舞蹈。于是，男子抚琴，女子舞蹈，曾是多么旖旎美好的时光啊。可惜，终有曲终人散的那一天。心中如堵了一块大石，相思无法排遣。只因为你的一个回眸，让我对你从此魂梦相牵，思念朝朝暮暮。自从你离去，我的魂儿也跟着你去了，而相思之苦，对谁而诉呢？不知道遥远的你在何方，想着你说的每一句话都清晰如昨，登高望远，盼着你的归来，天遥路远，你在何方呢？

古代男女若是相恋，喜剧收场的很少，因为婚姻并不由自己做主，于是，欢乐总是暂时的，忧愁和痛苦反而占据了生命的大半。就算爱情的甜蜜如温煦的阳光一般偶尔降落在她身上，也很快会被约束，“一生皆是命，半点不由人”。这些在诗词中反映出来，便成为了沉香一般美丽的遗憾与叹息。

无名氏

山无陵……天地合，乃敢与君绝

汉乐府中，有一首《上邪》，是一位无名女子唱给情郎的炙热情歌：

上邪！我欲与君相知，长命无绝衰。

山无陵，江水为竭，冬雷震震，夏雨雪，天地合，乃敢与君绝！

这是一个刚烈直率的汉代女子。她坦率地跟心上人表白，“我欲与君相知，长命无绝衰”，愿意一生一世与爱人相知相守，尔后便连续用了五件违背自然规律因而绝不可能发生的事情，来表示自己爱情之坚贞。

当高山被夷为平地，当江水也面临着枯竭，当冬天雷声阵阵，当夏天雨雪霏霏，天地合为一起时，我才会跟你分离！而高山始终会有棱角，江水一直连绵不绝，夏季雷雨，冬日寒雪，我跟你便始终不会分离。

《上邪》对后世影响深远。敦煌曲子词中有《菩萨蛮》一曲，同样是无名氏所作的，就与它如出一辙：

枕前发尽千般愿，要休且待青山烂。
水面上秤锤浮，直待黄河彻底枯。
白日参辰现，北斗回南面。
休即未能休，且待三更见日头。

这首诗也是先直接表明心迹，此志不渝，接下来也是连用五个不可能的事情，来比喻自己的坚定之爱，没有含蓄蕴藉，没有一唱三叹，只有炙热的情感与坚定的信念，它的思想感情与艺术手法都是承接《上邪》而来。

那爱情之坚贞，令人动容。这就是所谓的海誓山盟吧。海枯石烂，此情不渝。清代王先谦《汉铙歌释文笺正》称："五者皆必无之事，则我之不能绝君明矣。"

明代胡应麟在《诗薮》中赞道："《上邪》言情，短章中神品！"

窦玄妻

衣不如新，人不如故

窦玄妻，关于她的记载很少，只有《艺文类聚》卷三十有寥寥几笔。她的真名也没有流传下来，连姓氏也没有。

窦玄，字叔高，汉代平陵人。他“形貌绝异”，意思是长得和一般人不一样，大约是极其英俊潇洒，出类拔萃，异于常人。也正因为他生得不凡，出仕之后，被公主看上了。公主对他一见钟情，一心要嫁给他，便禀告了皇帝。皇帝疼爱公主，于是下令要他迎娶公主。

窦玄已经有了妻子，妻子是个知书达理、娴静温和之人，夫妻两人的感情也算融洽，两人还生了一个玉雪可爱的女儿。但是，在天子的诏书面前，窦玄退缩了；在泼天的富贵面前，他也心动了。于是，他不顾与妻子多年的情分，要休弃她，另娶公主。

窦玄妻悲不自胜，她没有想到自己高大英俊的丈夫内心竟然如此怯弱猥琐，无可奈何之下，她也只得离去。在离去之前，她写了一封诀别书：

弃妻斥女敬白窦生：

卑贱鄙陋，不如贵人。妾日已远，彼日已亲。何所告诉，仰呼苍天。悲哉窦生！衣不厌新，人不厌故。悲不可忍，怨不自去。彼独何人，而居是处。

字里行间满是对丈夫喜新厌旧的哀怨愤懑。但她既无家世支持，也无丈夫怜爱，只能转头离去。她想要头也不回地离去，心中却又舍不得昔日的温馨时刻，一再凄然回首，明知道不可能得到丈夫的挽留，却仍期盼着他的幡然醒悟。

尔后，她又情不自禁地作了一首短诗，附在书信后面：

茕茕白兔，东走西顾。衣不如新，人不如故。

一只洁白的兔子，往东去却又频频回头，虽被迫离开却仍旧思念故人。它是如此柔弱，却又是如此孤苦。“茕茕”二字，极言弃妇之慌张惶然，孤苦无依。这只被抛弃了的兔子，实际上便是窦玄妻自己的写照。她希望故人念旧，衣服是新的好，而妻子，还是旧时的好呀。这首四言诗虽然简短，却含蓄蕴藉、辞句隽永，言已尽而意无穷。

诗歌开头便采用了《诗经》的比兴手法，托物起兴。《历代名媛诗词》评曰：“短短四句，声情何限！首二句是三百篇中语。”认为前两句有《诗经》风范。

后来这首诗被收入汉乐府，最初见于《太平御览》卷689，题为《古艳歌》，明、清人选本往往作《窦玄妻〈古怨歌〉》。

班昭

君子之思，必成文兮

班昭，字惠班，又名姬，扶风安陵（今陕西省咸阳市）人。她家学渊源，《后汉书》里称她“博学高才”，五经、辞赋、天文、历史、算术无所不精，且班昭有文集传世，是当时著名的女文学家、女史学家。清代女作家赵菜称赞她：“东观续史，赋颂并娴。”

班昭 14 岁便出嫁了，嫁给同郡曹世叔（名寿）为妻，所以班昭又被叫作“曹大家”。但婚后不久曹世叔便去世了，班昭年纪轻轻便守了寡。

班昭生得端丽庄雅，很得夫家敬重。而由于出身名门、博古通今，她也常常被汉和帝召入皇宫，教导后宫诸妃诵读经史及天文算术，皇后和嫔妃都尊之为师。每当有外邦前来朝贡之时，汉和帝便会召来班昭即席作赋作颂。

班昭的父亲和两个哥哥都是当时名动一时的人物。她的父亲班彪是当代的大文豪，著名的儒学大师、史学家，哥哥班固是著名史学家、文学家,另一个哥哥班超是著名军事家、外交家,两次出使新疆,是打通"丝绸之路"的赫赫功臣,极传奇的人物。

班昭的父亲班彪和哥哥班固都致力于《汉书》的写作。班彪立志修汉史,作了65篇,但书未完成便去世了。班彪死后,班固便独立承担起写作任务。班固天资聪颖,9岁即能属文,诵诗赋,16岁入太学,博览群书,于儒家经典及历史无不精通,还擅长作赋,有《二都赋》《幽通赋》等。班彪死时,班固虽然年仅23岁,但已有独立完成《汉书》这部史学大著的能力。不料就在他快要完成《汉书》时,却因窦宪一案的牵连,横死狱中,年61岁。

汉和帝便召来班昭,让她继续完成《汉书》的编纂。班昭知道《汉书》是父兄毕生的心血,强忍悲痛将之接了过来,继续写作。她奉旨入当时的皇家藏书阁——东观藏书阁后,遍览皇家丰富藏书,用以著作。她仔细整理和核对了之前父兄完成的《汉书》,并补写了《八表》和《天文志》。终于,她花费了无数心血精力,完成完整的《汉书》,成就了这一史学巨著。

在此期间汉和帝又下诏书,让马融的哥哥马续协助班昭完成《汉书》。马续也是位著名才子,7岁时能理解《论语》,13岁懂得《尚书》,16岁学习《诗经》。据传马续暗自倾慕班昭却不言,为协助班昭完成修史大业竟终身不娶。

《汉书》刚面世时,古音古字极多,许多人读不懂,马融曾拜伏在藏书阁下,跟随班昭学习《汉书》。马融后来成为东汉大儒,著述等身,卢植、郑玄等学者都是他的弟子,而卢植的弟子之中,就有后来三国争霸的刘备。

《汉书》是继《史记》之后我国又一部重要的史学著作,也是我国第一部纪传体的断代史巨著,虽然前后经由四人之手写成,但读起来却

“后先媲美，如出一手”，足见得班昭的才华已和父兄比肩，达到了当时顶级史学学者的高度。

《后汉书·曹世叔妻传》特地为班昭立传：“扶风曹世叔妻者，同郡班彪之女也，名昭，字惠班，一名姬。博学高才。世叔早卒，有节行法度。兄固著《汉书》，其八表及天文志未及竟而卒。和帝诏昭就东观藏书阁踵而成之。帝数召入宫，令皇后诸贵人师事焉，号曰‘大家’。每有贡献异物，辄诏大家作赋颂……时《汉书》始出，多未能通者，同郡马融伏于阁下，从昭受读……”

班昭除了博多才学，也善于吟诗为文，写作赋颂，曾写下多篇辞赋，是当时的辞赋名家。她比较著名的是一篇为哥哥班超而写的奏疏。班超30岁迁入洛阳，早年靠为官家抄写文章谋生，虽然胸中怀有大志，但所处的职位让他无法实现自己的抱负。有一次，班超思虑良久，猛然站起，投笔在案说：“大丈夫无他志略，犹当效傅介子、张骞立功异域，以求封侯，安能久事笔砚间乎！”从此，他投笔从戎，出使西域，以功封定远侯，拜西域都护，扬汉威直至中亚细亚30年之久。

汉和帝永元十二年(100)，垂暮之年的班超上奏皇帝：“臣不敢望到酒泉郡，但愿生入玉门关。”人老思故土，叶落要归根，班超希望自己能在年老之时得归故乡。然而奏章送上去之后，过了三年朝廷仍不加理会。班超年已七旬，仍客居异乡，班昭手足情深，更怜惜哥哥，于是提笔给皇帝上书：

妾同产兄西域都护定远侯超，幸得以微功特蒙重赏，爵列通侯，位二千石，天恩殊绝，诚非小臣所当被蒙。超之始出，志捐躯命，冀立微功，以自陈效。会陈睦之变，道路隔绝，超以一身奔走绝域，晓譬诸国。因其兵众，每有攻战，辄为先登，身被金痍，不避死亡，赖蒙陛下神灵，且得延命沙漠。至今积三十年，骨肉生离，不复相识，所与相随时人士，皆已物故；超年最长，今且七十，衰老被病，头发无黑，两手不仁，耳目不聪明，扶杖乃能行，虽欲竭其全力，以报答天恩，迫于岁暮，犬马齿索，为之奈何？

蛮夷之性，悖逆侮老，丙超旦暮入地，久不见代，恐开奸宄之源，生逆乱之心。而卿大夫咸顾目前，莫肯远虑，如有猝变，超之气力，不能从心，便为上损国家累世之功，下弃忠臣竭身之用，诚可痛也！故超万里归诚，自陈苦急，延颈踰望，三年于今，未蒙省录。

妾窃闻古者十五受兵，六十还之，亦有休息不任职也。缘陛下以至孝理天下，得万国之欢心，不遗小国之臣，况超得备侯伯之位？故敢触死为超求哀，乞超余年，一得生还；复见阙庭，使国家永无劳远之虑，西域无仓猝之忧，超得长蒙文王葬骨之恩，子方哀老之急……

班昭代兄上书，文辞简洁，感情真挚，娓娓道来，说得合情合理，丝丝入扣，汉和帝览奏，也为之戚然动容。于是汉和帝派遣戊己校尉任尚出任西域都护，接替班超。这封奏疏被后人题作《为兄超求代疏》。

永元十四年(102)八月，白发苍苍的班超终于回到洛阳，拜为射声校尉，他离开西域疏勒时本已有病，加之旅途劳顿，回家一个月就病逝了。但他终于是回到故乡安心逝去的。幸好有班昭的这封上书，完了班超最后的心愿，落叶终于归根。

班昭晚年还在宫中撰写了《女诫》。《女诫》包括《卑弱》《夫妇》《敬慎》《妇行》《专心》《曲从》《和叔妹》七章。班昭认为在当时的社会，女子无法改变自身的地位，那就只能认清现实，顺应形势，在男权社会获得一个安稳的生活和合适的地位。她将自己的处世哲学和生活历练都融入了这七篇之中，悉心教导班家女儿如何在夫家处理好与夫君、舅姑、叔妹的关系。不料京城世家却争相传抄，不久之后便风行全国各地。从此《女诫》便成为了儒家女教的经典教科书。

班昭的小姑曹丰生也是个才女，对班昭这七篇教导女子服从夫权的《女诫》很不服气，曾经作下一篇文章逐条批驳《女诫》的观点，据说“辞有可观”，是一篇闪烁着思想光芒的力作，可惜现在文已不传。

班昭作品存世7篇，除了《女诫》以外，还有《东征赋》等对后世有很大影响。《东征赋》是班昭随其子到陈留时所作，其辞称：“先君行止，则有作兮。虽其不敏，敢不法兮。”这表明班昭的《东征赋》是效法其父班彪的《北征赋》而作。虽然是模仿之作，但《东征赋》的写作手法也比较细腻而优美。在《东征赋》的末尾，班昭还阐述了自己的写作动机：

乱曰：君子之思，必成文兮。盍各言志，慕古人兮。先君行止，则有作兮。虽其不敏，敢不法兮。贵贱贫富，不可求兮。正身履道，以俟时兮。修短之运，愚智同兮。靖恭委命，唯吉凶兮。敬慎无怠，思谦约兮。清静少欲，师公绰兮。

她把写作之因归结为“君子之思”，这表明她已经有了文学创作的自觉性。

汉和帝在班超死后不久就驾崩了，皇子刘隆生下来才一百天，就嗣位为孝殇帝，邓太后临朝听政。不到半年，殇帝也驾崩了。于是13岁的清河王刘祜嗣位为孝安帝，邓太后继续临朝听政。邓太后以女子身份执政，班昭以师父之尊得以参与机要。邓太后也很尊重班昭的意见。

作为班昭的女弟子，邓太后虽然没有文学作品传世，但是在名师教导之下，她精通诗书，又兼天文算数，可以说是一位难得的女学者。她也有着自己独到的文学见解，在《举隐逸大儒诏》中写道：

易称"天垂象，圣人则之"，又云"圣人之情见于辞"。然则文章之作，将以幽赞神明，变畅万物。秦燔诗书，礼毁乐崩。大汉之兴，拾而弘之。至乎元康、五凤之间，英豪四集，文章焕炳，六经之学，于斯为盛。自顷以来，学者怠惰，遂以陵迟，宜令公卿中二千石各举隐逸大儒，硕德高操，以劝后进。

班昭有一个儿子叫曹成，曹成能力平庸，也无诗才，但因为母亲是太后的老师，也被封为关内侯，官至齐相。

班昭年逾古稀而逝，邓太后亲自为她素服举哀。

唐姬

死生路异兮从此乖，
奈我茕独兮心中哀

唐姬是汉废帝、弘农王刘辩的妃子，颍川（今河南省中南部）人，容颜美丽，能歌善舞，其父唐瑁是会稽太守。她有一首诗传世。

东汉末年，天下大乱，群雄四起。汉灵帝驾崩后，17 岁的皇子刘辩继位。后来刘辩被权臣董卓所废，被拘禁在小楼上。

董卓另立了刘协为皇帝，是为汉献帝。第二年，山东义兵兴起讨伐董卓。董卓便命令郎中令李儒进献毒酒，巧言令色地诱骗他说："服此药，可以辟恶。"弘农王年纪虽轻，却聪明伶俐，知道这必定是董卓送来的毒酒，说："我无疾，是欲杀我耳。"

李儒见弘农王已经识破他的险恶用心，索性撕破脸皮，恶狠狠地强迫弘农王喝下毒酒。弘农王心知难逃一死，决定坦然赴死。他强颜欢笑，与唐姬和宫女行酒令、开宴会，作最后的告别。

酒令行到弘农王处，弘农王悲切地唱道：

天道易兮我何艰，弃万乘兮退守蕃！

逆臣见迫兮命不延，逝将去汝兮适幽玄！

他感叹天道无常，命运艰难，他已经放弃了帝王之尊，委屈自己做个藩王，却仍然遭到逆臣逼迫，命不久矣，然而最伤心的是，自己即将与妃子阴阳两隔，永不相见。

唐姬哭泣着起身伴舞，舞姿翩翩优美，她和着弘农王的歌唱道：

皇天崩兮后土颓，身为帝兮命夭摧。

死生路异兮从此乖，奈我茕独兮心中哀！

她在这首歌里歌唱着家国情怀，充满悲壮愤懑之气。刘汉天下已分崩离析，即使刘辩曾贵为皇帝，性命却危在旦夕，而她即将与他生死异路，人生路上只剩下自己孤零零一个人，心中不免泛起无限悲伤。

唱完后，唐姬泣不成声，宫女们也跟着流泪哽咽，感伤不已。弘农王对唐姬说："卿王者妃，势不为吏民妻，自爱，从此长辞！"说完，弘农王就仰头喝下毒酒，随即闭目赴死，死时年仅 18 岁。

弘农王死后，唐姬回到故乡颍川，投靠父兄。此时她还非常年轻，父亲唐瑁心疼女儿，想要把她再嫁出去，唐姬心中还记着弘农王临死前说的话语，宁死也不同意再嫁人，于是她独自居于闺房之中，深居简出。

后来李傕攻破长安，汉献帝一路逃亡。唐姬不幸被李傕的军队掳去，献给了李傕。李傕见唐姬一颦一笑皆令人过目难忘，不由得心动不已，想要娶她为妻，唐姬坚决不从。为了不玷污弘农王的名誉，她也不肯说出自己曾经为弘农王妃子的身份。

不久，汉献帝被曹操迎往许都。建安三年(198)，曹操派谒者仆射裴茂召集关西诸将段煨等人征讨李傕，灭其三族。尚书贾诩听说唐姬的事后，告诉了汉献帝刘协。汉献帝非常感动，也很哀伤，于是，他把唐姬迎接到宫里的后花园中居住，并让当朝侍中带着节(一种官凭)拜她为弘农王妃，让她在宫中得以过上安宁的生活。

但后来，汉献帝被曹操"挟天子以令诸侯"，又在曹操死后禅位给曹丕，被封为山阳公，"邑一万户，位在诸侯王上，奏事不称臣，受诏不拜，以天子车服郊祀天地，宗庙、祖、腊皆如汉制，都山阳之浊鹿城"。汉献帝便带着皇后曹节回到山阳，当地传说他后来在封地施展在宫中学到的精湛医术，以此来悬壶济世，救助了不少病人，受到当地百姓的爱戴。

唐姬的结局并没有记载，以汉献帝的心慈宽仁，应该会带着她去封地，远离宫中纷争，得以善终吧。

唐代李贺曾为她写下了一首《汉唐姬饮酒歌》：

御服沾霜露，天衢长蓁棘。金隐秋尘姿，无人为带饰。
玉堂歌声寝，芳林烟树隔。云阳台上歌，鬼哭复何益。
铁剑常光光，至凶威屡逼。强枭噬母心，奔厉索人魄。
相看两相泣，泪下如波激。宁用清酒为，欲作黄泉客。
不说玉山颓，且无饮中色。勉从天帝诉，天上寡沈厄。
无处张穗帷，如何望松柏。妾身昼团团，君魂夜寂寂。
蛾眉自觉长，颈粉谁怜白。矜持昭阳意，不肯看南陌。

丽玉

公无渡河，公竟渡河

丽玉，是汉代朝鲜渡口守卒霍里子高之妻，她作过一首名为《箜篌引》的诗。这首四句十六言的《箜篌引》最早见于东汉蔡邕的《琴操》，后在荀勖的《太乐歌词》、孔衍的《琴操》中均有记载。现在在我国流传最广的，当属宋代郭茂倩所编的《乐府诗集》中所载的版本。

《箜篌引》诗，又名《公无渡河》。《乐府诗集》中引崔豹《古今注》曰："《箜篌引》者，朝鲜津卒霍里子高妻丽玉所作也。子高晨起刺船，有一白首狂夫，被发提壶，乱流而渡，其妻随而止之，不及，遂堕河而死。于是援箜篌而歌曰：'公无渡河，公竟渡河，堕河而死，将奈公何！'声甚凄怆，曲终亦投河而死。子高还，以语丽玉。丽玉伤之，乃引箜篌而写其声，闻者莫不堕泪饮泣。丽玉以其曲传邻女丽容，名曰《箜篌引》。又有《箜篌谣》，不详所起，大略言结交当有终始，与此异也。"

丽玉的丈夫霍里子高有一天早上起来撑船，忽然看到有一个白发狂夫，披着头发，拿着酒壶，在激流中不管不顾地渡河。他的妻子一路跟随着他，看到这情形，出声狂呼想阻止他过河。但没等到她赶到，他便坠河死了。

他的妻子便绝望地弹着箜篌唱了这支歌：“公无渡河，公竟渡河，堕河而死，将奈公何！”这首歌的大意便是：我说了要你不要过河呀，可是你还是过了，过河的时候你果然死了，我拿你怎么办呢？唱完这支悲怆凄婉的歌之后，妻子也投河而死了。

子高目睹了整个悲剧的经过，心中非常感慨。白发狂夫一意孤行，虽然他的妻子早已看到了他的危险处境并出言示警，但是他不听劝阻，终于酿成惨祸。妻子的歌声里，那种无可奈何的惨痛，最是断人心肠。

他回去后，便把这个故事，还有这首歌告诉了他的妻子丽玉。丽玉听了很是悲痛，对白发狂夫和他的妻子非常同情，于是把这支箜篌曲写了下来，这便是《箜篌引》。当丽玉弹奏起这首曲子时，悲凉之意弥漫开来，没有一个人听了不伤心流泪的。

后来丽玉还把这支《箜篌引》传给了邻女丽容。她的其他诗作并没有流传下来，只有她所整理的这首来自民间的绝唱，成为了一首震撼人心之作。

丽玉的这支《箜篌引》悲怆温厚，满蕴汉乐府之古意。唐代同作此题的有好几位大诗人，包括诗仙李白和诗鬼李贺，此外还有王建、温庭筠和王睿。

李白的《箜篌引》之作如下，气势磅礴，尽是悲壮之意，以他一贯的大手笔，赋予了这个主题以宏大的空间与背景：

黄河西来决昆仑，咆吼万里触龙门。波滔天，尧咨嗟，大禹理百川，儿啼不窥家。杀湍湮洪水，九州始蚕麻。其害乃去。茫然风沙，被发之叟狂而痴。清晨径流欲奚为，旁人不惜妻止之，公无渡河苦渡之。虎可搏，河难凭，公果溺死流海湄，有长鲸白齿若雪山。公乎公乎，挂骨于其间，箜篌所悲竟不还。

李贺的《箜篌引》，则是就这个主题抒发了人生的无奈与命运的无常之意，白发狂夫明知前方是死路却仍然不听劝告执意向前，为什么要自甘求死呢？

公乎公乎，提壶将焉如。屈平沉湘不足慕，徐衍入海诚为愚。公乎公乎，床有菅席盘有鱼，北里有贤兄，东邻有小姑，陇亩油油黍与葫，瓦甑浊醪蚁浮浮。黍可食，醪可饮，公乎公乎其奈居，被发奔流竟何如？贤兄小姑哭呜呜。

唐代王建的《箜篌引》则被认为是最切合原作的拟作：

渡头恶天两岸远，波涛塞川如叠坂。幸无白刃驱向前，何用将身自弃捐。蛟龙啮尸鱼食血，黄泥直下无青天。男儿纵轻妇人语，惜君性命还须取。妇人无力挽断衣，舟沉身死悔难追。公无渡河公自为。

蔡琰

无日无夜兮 不思我乡土

蔡琰，字文姬，陈留圉（今河南省杞县）人，为汉末著名学者蔡邕之女，汉代著名才女。《隋书·经籍志》著录有《蔡文姬集》1卷，但已经失传。现在她只有《悲愤诗》2首和《胡笳十八拍》1首传世。

蔡邕是汉末文坛领袖，一代学宗，也是大书法家，梁武帝称他："蔡邕书，骨气洞达，爽爽如有神力。"此外，他还精于天文数理，精通音律，是曹操的挚友和老师。他曾亲手选桐材制出焦尾琴一具，焦尾琴为中国古代四大名琴之一，是无价之宝。

在父亲的熏陶下，蔡文姬自小便博学有才辩，又"妙于音律"。蔡邕40多岁才得一女，视文姬为掌上明珠，疼爱有加。蔡邕对幼女的疼爱还成为了诗词中常用的典故："缅想古人心，慈爱亦不轻。蔡邕念文姬，于公叹缇萦。"

文姬小时候与父亲蔡邕隐居在山水之间。《三字经》有一句"蔡文姬，能辨琴"，说的是蔡文姬6岁时的故事。有一次，蔡邕在一丛郁郁碧竹旁弹琴,文姬在一旁边听边玩。蔡邕弹得正出神,忽然铮然一响,琴弦断了一根。文姬立刻说:“是第一根弦断了。”蔡邕吃了一惊,但又猜测可能是文姬胡乱猜对的,于是想再试她一试。过了一会,蔡邕故意把第四根琴弦弄断,然后问她是第几根弦断了。蔡文姬应声答道:“是第四根弦。”蔡邕这才相信了女儿确实具有极高的音乐天赋,能辨琴音,于是更加欢喜,悉心教育,蔡文姬小小年纪便琴棋书画无所不通。

在父亲精心教育与温暖庇佑下的蔡文姬之童年是幸福无忧的,长大后她更是出落得清雅动人,且博览群书,聪慧灵秀。16 岁那年,文姬嫁给了河东的卫仲道。卫家是河东世族,卫仲道也是一个才子。夫妻两人相敬如宾,琴瑟相合,很是恩爱。

但仅一年,卫仲道不幸咯血而死,文姬便回到了娘家寡居。而素来宠爱她的父亲蔡邕因政治斗争无辜枉死,再不能庇佑她了。不久,蔡邕的夫人也病逝了。父母双亡,从此,蔡家就剩下文姬一人孤苦伶仃。

公元 195 年,匈奴乘李傕与郭汜混战之机入侵中原,战乱中,蔡文姬不幸被匈奴兵掳走。匈奴兵见文姬貌美,把她献给了匈奴左贤王刘豹。文姬和刘豹在一起生活了 12 年,并生有一子一女。此间她除了学会一些匈奴语言外,还学会了吹奏“胡笳”。在塞外,无琴可奏,她也只有吹奏胡笳来抒发自己心中的苦痛了。皎皎明月下,胡笳声声悠扬,那是文姬在独自思念自己的家乡与亲人。

《后汉书》里记载:“兴平中,天下丧乱,文姬为胡骑所获,没于南匈奴左贤王,在胡中十二年,生二子。”一个“没”字,说明文姬在匈奴的生活是很不如意的,她虽然嫁与刘豹,但身份地位应该不高,可能并不是左贤王的王妃或者正妻,而是姬妾甚至奴仆。她在异乡颇受欺凌,看透了世态炎凉。

此时中原已经发生了翻天覆地的变化。曹操基本平定了北方，想起了老友蔡邕，“痛其无嗣”。为了让蔡邕流落的著作能够得以整理并存世，曹操多方打听，终于探知蔡邕还有个女儿流落在匈奴。于是，公元207年，曹操派董祀为使者，携带黄金千两、白璧一双，出使匈奴，决意要把蔡文姬赎回来。

刘豹不敢违抗曹操的意志，最终同意了让文姬归汉，但提出了个条件，即文姬所生的儿女不能随她返回中原，要留在匈奴。

文姬想到要离开一双儿女，禁不住肝肠寸断。她无时无刻不在思念故土，但是又如何舍得亲生骨肉？看到父亲生前所写的《续汉书》的半部书稿时，她想起父亲的遗愿，最终还是决定回归故土。

途中，文姬思念儿女，感怀身世，于是，她借流行于西域的胡笳音律，融合为一首传唱千古的绝响——著名的《胡笳十八拍》：

第一拍

我生之初尚无为，我生之后汉祚衰。天不仁兮降乱离，地不仁兮使我逢此时。干戈日寻兮道路危，民卒流亡兮共哀悲。烟尘蔽野兮胡虏盛，志意乖兮节义亏。对殊俗兮非我宜，遭恶辱兮当告谁。笳一会兮琴一拍，心溃死兮无人知。

第二拍

戎羯逼我兮为室家，将我行兮向天涯。云山万重兮归路遐，疾风千里兮扬尘沙。人多暴猛兮如虫蛇，控弦被甲兮为骄奢。两拍张悬兮弦欲绝，志摧心折兮自悲嗟。

第三拍

越汉国兮入胡城，亡家失身兮不如无生。毡裘为裳兮骨肉震惊，羯膻为味兮枉遏我情。鞞鼓喧兮从夜达明,风浩浩兮暗塞昏营。伤今感昔兮三拍成,衔悲畜恨兮何时平!

第四拍

无日无夜兮不思我乡土,禀气含生兮莫过我最苦。天灾国乱兮人无主,唯我薄命兮没戎虏。俗殊心异兮身难处,嗜欲不同兮谁可与语。寻思涉历兮多艰阻,四拍成兮益凄楚。

第五拍

雁南征兮欲寄边心,雁北归兮为得汉音。雁飞高兮邈难寻,空肠断兮思愔愔。攒眉向月兮抚雅琴,五拍泠泠兮意弥深。

第六拍

冰霜凛凛兮身苦寒,饥对肉酪兮不能餐。夜闻陇水兮声呜咽,朝见长城兮路杳漫。追思往日兮行李难,六拍悲来兮欲罢弹。

第七拍

日暮风悲兮边声四起,不知愁心兮说向谁是。原野萧条兮烽戍万里,俗贱老弱兮少壮为美。逐有水草兮安家葺垒,牛羊满地兮聚如蜂蚁。草尽水竭兮羊马皆徙,七拍流恨兮恶居于此。

第八拍

为天有眼兮何不见我独漂流,为神有灵兮何事处我天南海北头。我不负天兮天何配我殊匹,我不负神兮神何殛我越荒州。制兹八拍兮拟排忧,何知曲成兮转悲愁。

第九拍

天无涯兮地无边,我心愁兮亦复然。人生倏忽兮如白驹之过隙,然不得欢乐兮当我之盛年。怨兮欲问天,天苍苍兮上无缘。举头仰望兮空云烟,九拍怀情兮谁为传。

第十拍

城头烽火不曾灭，疆场征战何时歇。杀气朝朝冲塞门，胡风夜夜吹边月。故乡隔兮音尘绝，哭无声兮气将咽。一生辛苦兮缘别离，十拍悲深兮泪成血。

第十一拍

我非贪生而恶死，不能捐身兮心有以。生仍冀得兮归桑梓，死当埋骨兮长已矣。日居月诸兮在戎垒，胡人宠我兮有二子。鞠之育之兮不羞耻，愍之念之兮生长边鄙。十有一拍兮因兹起，哀响兮彻心髓。

第十二拍

东风应律兮暖气多，汉家天子兮布阳和。羌胡踏舞兮共讴歌，两国交欢兮罢兵戈。忽逢汉使兮称近诏，遣千金兮赎妾身。喜得生还兮逢圣君，嗟别二子兮会无因。十有二拍兮哀乐均，去住两情兮谁具陈。

第十三拍

不谓残生兮却得旋归，抚抱胡儿兮泣下沾衣。汉使迎我兮四牡騑騑，胡儿号兮谁得知。与我生死兮逢此时，愁为子兮日无光辉。焉得羽翼兮将汝归，一步一远兮足难移。魂消影绝兮恩爱遗，十有三拍兮弦急调悲，肝肠搅刺兮人莫我知。

第十四拍

身归国兮儿莫知随，心悬悬兮长如饥。四时万物兮有盛衰，唯有愁苦兮不暂移。山高地阔兮见汝无期，更深夜阑兮梦汝来斯。梦中执手兮一喜一悲，觉得痛吾心兮无休歇时。十有四拍兮涕泪交垂，河水东流兮心是思。

第十五拍

十五拍兮节调促，气填胸兮谁识曲。处穹庐兮偶殊俗，愿归来兮天从欲。再还汉国兮欢心，心有忆兮愁转深。日月无私兮曾不照临，子母分离兮意难任。同天隔越兮如商参，生死不相知兮何处寻。

第十六拍

十六拍兮思茫茫，我与儿兮各一方。日东月西兮徒相望，不得相随兮空断肠。对萱草兮徒想忧忘，弹鸣琴兮情何伤。今别子兮归故乡，旧怨平兮新怨长。泣血仰头兮诉苍苍，胡为生兮独罹此殃。

第十七拍

十七拍兮心鼻酸，关山阻修兮行路难。去时怀土兮枯枯叶干，沙场白骨兮刀痕箭瘢。风霜凛凛兮春夏寒，人马饥虺兮骨肉单。岂知重得兮入长安，欢息欲绝兮泪阑干。

第十八拍

胡笳本自出胡中，绿琴翻出音律同。十八拍兮曲虽终，响有余兮思未穷。是知丝竹微妙兮均造化之功，哀乐各随人心兮有变则通。胡与汉兮异域殊风，天与地隔兮子西母东。苦我怨气兮浩于长空，六合离兮受之应不容。

《胡笳十八拍》的艺术价值极高，诗中虽抒发的是哀戚悲伤之情，但也有“浩然之怨”，慈母之伤与故国之思交织在一起，苍凉雄浑，感人至深。尤其是第十六拍，表达自己与儿女的离别之情，简直字字泣血，令人闻之泪下。明人陆时雍在《诗镜总论》中说：“东京风格颓下，蔡文姬才气英英。读《胡笳吟》，可令惊蓬坐振，沙砾自飞，真是激烈人怀抱。”

文姬归汉后，在曹操的安排下，嫁给了董祀。起初两人相处并不十分和谐。蔡文姬当时已经35岁，颠沛流离，饱经忧伤，年长色衰，又因为思念儿女，时常神思恍惚，不复当年端雅淑丽的才女风度；而董祀正值鼎盛年华，生得玉树临风、一表人才，娶文姬不过是迫于曹操的授意，对她并没有什么感情，自然也说不上温柔体贴。而身为才女的文姬却是一个敏感细腻的人。这婚姻生活，最初实在说不上幸福。

嫁给董祀后，文姬百感交集，又作了两首《悲愤诗》，第一首是中国诗史上第一首自传体的五言长篇叙事诗，长达540字。蔡文姬在这首诗里，第一部分阐述自己被掳的悲惨经历，第二部分慨叹在匈奴的故国之思，以及与子女分离的撕心裂肺之痛，第三部分则是归途和再婚后之所思所感：

汉季失权柄，董卓乱天常。志欲图篡弑，先害诸贤良。逼迫迁旧邦，拥主以自强。海内兴义师，欲共讨不祥。卓众来东下，金甲耀日光。平土人脆弱，来兵皆胡羌。猎野围城邑，所向悉破亡。斩截无孑遗，尸骸相撑拒。马边悬男头，马后载妇女。长驱西入关，迥路险且阻。还顾邈冥冥，肝脾为烂腐。所略有万计，不得令屯聚。或有骨肉俱，欲言不敢语。失意机微间，辄言毙降虏。要当以亭刃，我曹不活汝。岂复惜性命，不堪其詈骂。或便加棰杖，毒痛参并下。旦则号泣行，夜则悲吟坐。欲死不能得，欲生无一可。彼苍者何辜，乃遭此厄祸。边荒与华异，人俗少义理。处所多霜雪，胡风春夏起。翩翩吹我衣，肃肃入我耳。感时念父母，哀叹无穷已。有客从外来，闻之常欢喜。迎问其消息，辄复非乡里。邂逅徼时愿，骨肉来迎己。己得自解免，当复弃儿子。天属缀人心，念别无会期。存亡永乖隔，不忍与之辞。儿前抱我颈，问母欲何之。人言母当去，岂复有还时。阿母常仁恻，今何更不慈。我尚未成人，奈何不顾思。见此崩五内，恍惚生狂痴。号泣手抚摩，当发复回疑。兼有同时辈，相送告离别。慕我独得归，哀叫声摧裂。马为立踟蹰，车为不转辙。观者皆嘘唏，行路亦呜咽。去去割情恋，遄征日遐迈。悠悠三千里，何时复交会。念我出腹子，匈臆为摧败。既至家人尽，又复无中外。城郭为山林，庭宇生荆艾。白骨不知谁，纵横莫覆盖。出门无人声，豺狼号且吠。茕茕对孤景，怛咤糜肝肺。登高远眺望，魂神忽飞逝。奄若寿命尽，旁人相宽大。为复强视息，虽生何聊赖。托命于新人，竭心自勖励。流离成鄙贱，常恐复捐废。人生几何时，怀忧终年岁。

第二首《悲愤诗》则用骚体写成，写的内容和第一首大致相同，都是在回忆过去的种种苦难，诗里面所描写的细节可以和第一首相互补充：

嗟薄祜兮遭世患，宗族殄兮门户单。身执略兮入西关，历险阻兮之羌蛮。山谷眇兮路漫漫，眷东顾兮但悲叹。冥当寝兮不能安，饥当食兮不能餐。常流涕兮眦不干，薄志节兮念死难。虽苟活兮无形颜，惟彼方兮远阳精。阴气凝兮雪夏零，沙漠壅兮尘冥冥。有草木兮春不荣，人似兽兮食臭腥。言兜离兮状窈停，岁聿暮兮时迈征。夜悠长兮禁门扃，不能寝兮起屏营。登胡殿兮临广庭，玄云合兮翳月星。北风厉兮肃泠泠，胡笳动兮边马鸣。孤雁归兮声嘤嘤，乐人兴兮弹琴筝。音相和兮悲且清，心吐思兮胸愤盈。欲舒气兮恐彼惊，含哀咽兮涕沾颈。家既迎兮当归宁，临长路兮捐所生。儿呼母兮啼失声，我掩耳兮不忍听。追持我兮走茕茕，顿复起兮毁颜形。还顾之兮破人情，心怛绝兮死复生。

清代诗论家张玉谷曾作诗称赞文姬：“文姬才欲压文君，《悲愤》长篇洵大文。老杜固宗曹七步，办香可也及钗裙。”意思是说蔡文姬的才华压倒了汉代才女卓文君，曹植和杜甫的创作也受到了文姬的影响，这是对她极大的赞赏了。

不久,董祀因事犯了死罪,被曹操关押,准备问刑。文姬得知后,不忍丈夫被杀,于是立即奔去找曹操求情。

当时曹操正开宴会,知道文姬来了,就和席间的众位大臣说:"蔡邕的女儿在外流落多年,大家都听闻过她的才名,今天就让大家和她见见面如何?"众人称好。文姬因事出紧急匆忙赶来,头发披散,光着双脚,形容狼狈不堪,一见曹操就跪倒在地,说明来意,并向曹操叩头请罪。

她言辞清辩,旨甚酸哀,闻者无不为之心酸感动。曹操叹息着说:"你的情形的确很值得同情,只是判罪的文书都送出去了,有什么办法呢?"蔡文姬说:"丞相有良马万匹,且武士如林,何必因爱惜一匹快马、一名武士,而不救一条垂死之命呢?"曹操念及与蔡邕的交情,又觉文姬身世可怜,于是亲自批了赦免文书,追回原判罚书,免了董祀死罪。

当时是严冬,曹操看到蔡文姬蓬头跣足的样子,很不忍心,还命人拿了头巾和靴袜给她换上,以此御寒。

坐定后,曹操问起文姬家中原来的藏书。文姬说原来家中所藏父亲所著的4000卷书,几经战乱,已全部遗失,但自己还能记诵其中的400余篇。曹操大喜,于是委派十名官员给她当助手,请她把能够回忆起来的篇章全部默写出来。

文姬谢绝了曹操配备的助手,凭借自己超人的记忆力默写出父亲所著的400余篇文章,时隔十多年光阴,居然文无遗误,可见文姬之聪慧与才情。而蔡邕这位大文学家的著作也因此终于不至于湮灭于世。《后汉书·列女传》记载了这件事情,并为之感叹道:"端操有宗,幽闲有容。区明风烈,昭我管彤。"

此事过后,董祀感念文姬的恩德,又见识了其慧才,终于真正爱上了她。后来文姬和董祀溯洛水而上,隐居在风景旖旎的山林之中。曹操有时路过山林,也会去看望文姬夫妇。

文姬终于寻找到了久违的宁静。她和董祀生有一儿一女。

南匈奴人在蔡文姬离去后,每于月明之夜卷芦叶而吹笳,模仿文姬的《胡笳十八拍》,成为当地经久不衰的曲调。中原人士也以胡琴和筝来弹奏《胡笳十八拍》,以纪念这位才华横溢的才女。

对此,唐朝诗人李颀发出这样的感慨:

蔡女昔造胡笳声,一弹一十有八拍。
胡人落泪沾边草,汉使断肠对归客。

秦罗敷

秦氏有好女，自名为罗敷

秦罗敷是汉代女子，今河北邯郸人。她是乐府名篇《陌上桑》的主人公。据记载，《陌上桑》是她自己所作。

崔豹《古今注》曰：“《陌上桑》者，出秦氏女子。秦氏，邯郸人有女名罗敷，为邑人千乘王仁妻。王仁后为赵王家令。罗敷出采桑于陌上，赵王登台见而悦之，因置酒欲夺焉。罗敷巧弹筝，乃作《陌上桑》之歌以自明，赵王乃止。”《乐府解题》曰：“古辞言罗敷采桑，为使君所邀，盛夸其夫为侍中郎以拒之。”

罗敷嫁给了同乡王仁为妻。王仁仪表堂堂、文武双全，夫妻二人琴瑟和鸣，感情很好。

婚后的某一年，正值春暖花开之际，罗敷和其他采桑女一样，在漫天春光中采摘着绿莹莹的桑叶。她与女伴们笑闹忙碌着，青春气息洋溢着，全然不知自己成为了路人眼中的一道明媚风景。

汉光武帝的叔父赵王，就是在这时发现了她。这美人靥笑春桃，云堆翠髻,唇绽樱颗,榴齿含香,身姿更是婀娜。他悄悄打听,几经询问,终于知道她的芳名,她便是秦罗敷。

罗敷惊人的美貌让赵王魂不守舍。他回到宫中,眼中不时浮现出罗敷的倩影,一夜无眠。次日,赵王便设宴,请罗敷赴宴。

罗敷一进王府,便艳光四射,令府邸中其他美人顿时黯然失色,赵王更是失魂落魄。罗敷冰雪聪明,见到王爷的神情,早就猜到了王爷心中所想。

赵王酒过三巡,已经有了几分醉意,不免话语轻佻,神情中流露出无礼之意。罗敷警觉,忽然出席施礼,落落大方地说:“愿为王爷弹唱一曲助兴。”赵王当然大声说好,满怀期待。

罗敷轻轻拨动筝弦,曼声而唱。她所弹唱的,就是这首后来脍炙人口的《陌上桑》:

日出东南隅,照我秦氏楼。秦氏有好女,自名为罗敷。罗敷喜蚕桑,采桑城南隅。青丝为笼系,桂枝为笼钩。头上倭堕髻,耳中明月珠。缃绮为下裙,紫绮为上襦。行者见罗敷,下担捋髭须;少年见罗敷,脱帽着帩头。耕者忘其犁,锄者忘其锄。来归相怒怨,但坐观罗敷。

使君从南来,五马立踟蹰。使君遣吏往,问是谁家姝?秦氏有好女,自名为罗敷。罗敷年几何?二十尚不足,十五颇有余。使君谢罗敷:“宁可共载不?”罗敷前致辞:“使君一何愚!使君自有妇,罗敷自有夫。”

东方千余骑,夫婿居上头。何用识夫婿,白马从骊驹。青丝系马尾,黄金络马头。腰中鹿卢剑,可直千万余。十五府小史,二十朝大夫。三十侍中郎,四十专城居。为人洁白皙,鬑鬑颇有须。盈盈公府步，冉冉府中趋。坐中数千人，皆言夫婿殊。

在这首诗中，罗敷自述其怀，自表其志。“罗敷喜蚕桑，采桑城南隅。青丝为笼系，桂枝为笼钩。头上倭堕髻，耳中明月珠。缃绮为下裙，紫绮为上襦。”诗中的罗敷精心装扮着自己，天然韵致加上精致服饰，走在路上，可谓是“绛衣披拂露盈盈，淡染胭脂一朵轻”。在衣着服饰的细致描写后，罗敷又从侧面烘托自己那令人惊心动魄之美：“行者见罗敷，下担捋髭须；少年见罗敷，脱帽着帩头。耕者忘其犁，锄者忘其锄。来归相怨怒，但坐观罗敷。”罗敷之美，男女老幼无不为她所倾倒。而她自己显然也是知道的，并以此而感到骄傲。

后来，有“使君”南来，被罗敷的美貌所惊艳，于是向她求爱。罗敷落落大方地上前致辞：“使君一何愚！使君自有妇，罗敷自有夫。”然后把自己的夫君给大大夸赞了一番，直夸得“使君”自惭形秽。在罗敷的眼里，只有这样出类拔萃的男子才配得上她，寻常男子，哪怕是权贵之人，她也不会多看一眼，包括那自我感觉良好的“使君”。

罗敷唱毕之后，笑吟吟地看着赵王。这首诗中的骄傲与美艳，让罗敷熠熠生辉。赵王听了也不禁为之震动，他明白这是罗敷对他巧妙而坚决的拒绝。于是，“赵王乃止”，不敢再对她有非分之想。

从此，“罗敷有夫”便成为了已有心上人和爱人的女子婉拒他人求爱之意的固定用语了。“罗敷”也成了绝色美女的代名词。

秦罗敷所弹唱的《陌上桑》又叫《罗敷媚》。宋代陈师道作了一首《罗敷媚》：

春风吹尽秋光照，瘦减初黄。改样新妆，特地相逢只认香。

南台九日登临处，不共飞觞。镜里伊傍，独秀钗头殿众芳。

后来，李白也写过一首《陌上桑》，内容与汉乐府一致，只是又从诗人自己的角度再现了“绿条映素手，采桑向城隅”的罗敷之美：

美女渭桥东，春还事蚕作。五马如飞龙，青丝结金络。
不知谁家子，调笑来相谑。妾本秦罗敷，玉颜艳名都。
绿条映素手，采桑向城隅。使君且不顾，况复论秋胡。
寒螀爱碧草，鸣凤栖青梧。托心自有处，但怪傍人愚。
徒令白日暮，高驾空踟蹰。

甄皇后

众口铄黄金，使君生别离

文昭甄皇后，中山无极（今河北省无极县）人，上蔡令甄逸之女。她的名字早已湮灭在了历史的烟尘中。后世人称她为甄宓或者甄洛，但实际上这两个名字都不是她的本名。

甄氏未出生之时，她的母亲张氏曾经梦见一位仙人手执玉如意，飘然而来。张氏临产之时，恍惚间见仙人进入房内，将一件玉衣盖在了刚刚出生的小婴儿身上。那个小婴儿就是甄氏。后来相士刘良给甄氏看过相，刘良说："此女之贵，乃不可言。"

甄氏家中有三个兄长、四个姐姐，她是幼女，却有奇慧，而且美貌惊人。当她只有三岁的时候，父亲便离开了人世，母亲独自抚养儿女，好在家底殷实，甄氏依然衣食无忧，并且接受了良好的教育。

她生性端庄沉稳，从来不喜欢游戏杂耍之物。八岁那年，有一次，门外锣鼓喧天，家中的姐妹们都上阁楼去看热闹，唯独甄氏不跟着去看，姐妹好奇，问她为何，她说："这些难道是女孩子该看的吗？"

九岁时，甄氏越发喜欢读书，但母亲并不支持，因此她没有笔墨纸砚这些文房用具，只得常常向哥哥借笔墨用。借得多了，哥哥便取笑她说："小女孩儿应该学学女红，你这么喜欢读书，是想当女博士吗？"甄氏却一本正经地说："古代贤德之人，无不学习前世成败作为己诫。不知书，何由见之？"正因为从小潜心诗文、博览群书，甄氏长大后，蕙质兰心，见识不凡，成为了当世难得的才女。

甄氏不仅博学聪慧，而且是个天性温和仁爱的人。她十几岁的时候，天下大乱，百姓流离失所，食不果腹。当时甄家却颇为富裕，家里还储存有不少谷物、宝贝。甄氏却心忧不已，对母亲说："当今天下大乱，而家中宝物颇多，匹夫无罪，怀璧其罪。不如把谷物拿出来救济邻里乡亲，广施恩惠。"甄氏的母亲按照她的话，把多余的粮食分给了众乡亲。众人都称赞她见识非凡，且贤德非常。

过了不久，甄氏二哥甄俨去世。甄母性格古板，对几个儿媳颇为严厉。甄氏怜惜二嫂年轻守寡，柔语劝慰母亲："二哥早死，二嫂守寡，还要忙着照顾孩子，您要把她当成自己的女儿一样爱护。"母亲听了甄氏的话，对待儿媳也宽和了许多。正因为甄氏细心体贴，处处关照，使得家庭关系十分融洽。

"江南有二乔，河北甄氏俏。"甄氏长成之后，出落得明眸皓齿、婀娜动人，与大小二乔并列为那个时代的三大著名美女。二乔是皖城乔玄的女儿，生得沉鱼落雁，并通音律，晓诗文。后来江东霸主孙策娶了大乔，一代儒将周瑜娶了小乔。明代诗人高启曾在《过二乔宅》诗中云："孙郎武略周郎智，相逢便结君臣义。奇姿联璧烦江东，都与乔家做佳婿。"而甄氏与大小乔相比，除了美貌，还以贤德与才华闻名于世，是那个时代独一无二的奇女子。

后来，甄氏嫁给了汉末群雄之一袁绍的次子袁熙。袁熙出战幽州，甄氏独自留在冀州侍奉婆婆刘夫人。东汉献帝七年(196)，官渡之战中，袁绍兵败病死。曹操乘机出兵，占领了冀州。曹丕带兵冲进袁府，遇见了刘夫人以及陪着她的甄氏。

当时甄氏虽然在战乱之中，蓬头垢面，但不掩国色，仍然风姿绰约、姿貌绝伦。曹丕见到甄氏后，只觉她"玉肌花貌，有倾国之色"，着实是容色照人，明艳无双。他惊叹于甄氏的美貌，向曹操求娶甄氏。

于是曹操便令甄氏来见，并同意了曹丕娶甄氏为妻。据学者考证，甄氏与曹丕结婚时，22 岁，曹丕是 17 岁，曹植 12 岁。

曹丕弟弟曹植当时还只是个小小少年，但已经诗名远扬。据说他对甄氏也是早已听闻美名，见到他这位嫂子之时，更是惊为天人，从此情根深种。诗人本来便是对美的感知极其敏锐的人，何况曹植这种顶尖诗人呢！只是甄氏已经成为自己的嫂子，曹植便把爱慕之意默默地埋在心底。

甄氏以美貌闻名于世，见到她的人没有不被她的绝世容光所倾倒的。曹丕曾在府邸宴请多位文士喝酒，酒过三巡，曹丕一时忘情，便唤出夫人甄氏出来接见客人。甄氏缓缓步出，光彩照人，宴客厅内刹那间仿佛笼罩了一室的光华。

众人连忙俯首而拜，唯有建安七子之一的刘祯被甄氏美貌所惊艳，竟然双目直视，呆呆出神，忘记了行礼。后来曹操听闻此事，大为震怒，重罚了刘祯。此时甄氏已经 34 岁。

先前，曹丕对甄氏宠爱不已。甄氏贤德聪慧，孝顺公婆，并且温和宽大，对曹丕的姬妾都有怜爱之心。公公曹操、婆婆卞夫人都很喜欢她，卞夫人更是夸她："此真孝妇也。"

甄氏为曹丕先后生下儿子曹叡和女儿东乡公主。甄氏对子女更是悉心教育。在她的教导之下，曹叡也学得满腹诗书，后来成为文学才能与政治智慧兼备的魏国皇帝，有作品流传后世，在军事、政治和文化方面都颇有建树，与曹操、曹丕并称魏氏“三祖”。

过了不久，曹操去世。公元 220 年 12 月，汉献帝退位，曹丕到洛阳当上了皇帝，是为魏文帝。此次他并未带甄氏随行。

自古美人与名将，不许人间见白头。岁月渐渐让甄氏的脸上有了沧桑的痕迹，她虽然还是绝色美人，但毕竟年华已逝，不复少女朱颜。曹丕每天见到后宫众多佳丽，看到各种环肥燕瘦的美，就开始有些厌倦她了。再加之他得知了弟弟曹植对甄氏暗藏的情意，未免心生不快。他对她越来越冷落，转为宠爱郭氏贵嫔。

甄氏倍感凄凉，写下了一首《塘上行》：

蒲生我池中，其叶何离离。傍能行仁义，莫若妾自知。
众口铄黄金，使君生别离。念君去我时，独愁常苦悲。
想见君颜色，感结伤心脾。念君常苦悲，夜夜不能寐。
莫以豪贤故，弃捐素所爱。莫以鱼肉贱，捐弃葱与薤。
莫以麻枲贱，弃捐菅与蒯。出亦复愁苦，入亦更苦愁。
边地多悲风，树木何翛翛。从君致独乐，延年寿千秋。

这首诗里多处用典，如“众口铄黄金”便出自《国语》，显示出甄氏的渊博与才气。诗里满含着她对曹丕的爱怨之情，以及期待两人能得以复合的渴望。但曹丕对甄氏已无丝毫情意，读了这首诗后反而勃然大怒。

在即位的第二年六月，曹丕派使者前往甄氏独居的邺城旧宫，逼她服下了毒酒。甄氏死时仅 40 岁。她入殓时“被发覆面，以糠塞口”。曾是风华绝代的美人，竟死得如此凄凉。

甄氏生前并未被册立为皇后。后来魏明帝曹叡即位后，才追封生母甄氏为“文昭皇后”，并立寝庙祭祀。

据《文选》李善注，甄后死后第二年，曹植奉旨入朝。这么多年过去，虽然写就不少让后世大为赞叹的诗篇，但他形容是憔悴的，内心是悲伤的，此时的曹植，再也不是那个才高八斗、意气风发的白马少年郎，而是一个历经沧桑、永失所爱的中年人，他对曹丕已经构不成任何威胁。曹丕心中有愧，取出了甄后的遗物玉镂金带枕给曹植看，曹植见到玉镂金带枕，想起甄后往日风采，禁不住泪如泉涌。曹丕于是将玉枕送给了曹植。

曹植回家途中，经过了洛水之滨，晚上在驿馆里，就枕着那个玉镂金带枕睡下。他睡梦中见到甄后缓缓行来，容色如昔，绝色倾城。梦中的甄后派人献珠给曹植，而曹植也将玉佩回赠给了她。

醒来之后，曹植悲喜不能自胜，回想起睡梦之中“托梦荐枕、献珠报佩”之事，于是写下了一篇《感甄赋》，用最华丽优美的辞藻来歌咏女性之美。后来甄后的儿子魏明帝对这篇赋倒是很喜欢，但为了避生母甄后的名讳，就改成了《洛神赋》。

这是古代最著名的描写女性之美的辞章，赋中那位要眇宜修、超凡脱俗的女神，就是甄后在曹植心中的化身，她成为了一尊美的凝聚体：

其形也，翩若惊鸿，婉若游龙。荣曜秋菊，华茂春松。仿佛兮若轻云之蔽月，飘摇兮若流风之回雪。远而望之，皎若太阳升朝霞；迫而察之，灼若芙蕖出渌波。秾纤得衷，修短合度。肩若削成，腰如约素。延颈秀项，皓质呈露。芳泽无加，铅华弗御。云髻峨峨，修眉联娟。丹唇外朗，皓齿内鲜，明眸善睐，靥辅承权。瑰姿艳逸，仪静体闲。柔情绰态，媚于语言。奇服旷世，骨像应图。披罗衣之璀粲兮，珥瑶碧之华琚。戴金翠之首饰，缀明珠以耀躯。践远游之文履，曳雾绡之轻裾。微幽兰之芳蔼兮，步踟蹰于山隅。

丁廙妻

惟人生于世上，若驰骥之过棂

丁廙，字敬礼，沛郡（今安徽省濉溪县）人，丁冲之子，丁仪之弟。他少有才姿，目书如注，博学治问，并有文集2卷传于世。他的妻子，也是位极聪慧灵秀的女子，善于作诗，但她的作品已经散佚，只有一首《寡妇赋》流传于世。

建安中，丁廙任黄门侍郎，是曹植的门客。他和哥哥丁仪都与曹植交好，曾经劝说曹操立曹植为太子。曹操虽然欣赏他们的才华，但是在这件事上并未采纳他们的建议，还是立了曹丕为太子。曹丕继位之后，对丁仪、丁廙等人都怀恨在心，借故报复，终于找了个借口将丁氏兄弟都处死了。

丁仪和丁廙的妻子从此成为了寡妇。她们的丈夫被卷入政治斗争，不幸沦为了牺牲品，她们的美好人生也便被一同葬送，再也没有欢乐可言，整天以泪洗面，痛不欲生。素有文才的丁廙妻怀抱幼子，悲不自胜，乃挥笔写下一篇辞情悲戚的《寡妇赋》，以倾诉心中的哀伤：

惟女子之有行，固历代之彝伦。辞父母而言归，奉君子之情尘。如悬萝之附松，似浮萍之托津。何性命之不造，遭世路之险迍。荣华晔其始茂，所恃奄其徂泯。静闭门以却扫，魂孤茕以穷居。刷朱扉以白垩，易玄帐以素帱。含惨悴以何诉，抱弱子以自慰。时翳翳以东阴，日亹亹以西坠。鸡敛翼以登栖，雀分散以赴肆。还空床以下帷，拂衾褥以安寐。想逝者之有凭，因宵夜之仿佛。痛存没之异路，终窈漠而不至。时荏苒而不留，将迁灵以大行。驾龙需于门侧，设祖祭于前廊。彼生离其犹难，矧永绝而不伤。自衔恤而在疚，履冰冬之四节。风萧萧而增劲，寒凛凛而弥切。霜凄凄而夜降，水溓溓而晨结。瞻灵宇之空虚，悲屏幌之徒设。仰皇天而叹息，肠一日而九结。惟人生于世上，若驰骥之过棂。计先后其何几，亦同归乎幽冥。

“有行”是指出嫁，女子出嫁，是天地人的常道，即“彝伦”。从此，女子便辞别父母，来到夫家，如悬萝附松，浮萍托津，将人生与希望都寄托在丈夫身上，他就是她的天空，她的世界。而如今丈夫却遭祸惨死，自己孤身一人，无依无靠，膝下还有弱子要抚养：“含惨悴以何诉，抱弱子以自慰。”变成寡妇之后，她闭门却扫，孤茕穷居，连朱门也要刷上白漆，玄帐也要换成素色的，触目望去，风萧萧，寒凛凛，霜凄凄，水溓溓，一派凄惨。从此她“仰皇天而叹息，肠一日而九结”。这样的人生，了无热情，也了无意义，便如白驹过隙，转瞬即逝。

这篇《寡妇赋》语言对仗整齐，虽然是赋体，却如同一篇六言长诗，它的女性色彩十分强烈，情感细腻，如泣如诉，丁廙妻以自身的切身经历真实地道出了寡妇的痛苦与悲哀，为她们发出了命运的悲叹。

在她之前,魏文帝曹丕也为他的朋友、建安七子之一的阮瑀之寡妻写过一篇《寡妇赋》,只是叙悲苦之情,表达了对寡妇的同情,却是隔岸观火,不痛不痒。

在她之后,也有晋人潘岳写过一首《寡妇赋》。但这不过是男性作者基于现实的观察与想象,虽然整篇赋辞藻华丽、文采飞扬,但与丁廙妻的切肤之痛、肺腑之言的深沉感染力不可同日而语。

丁廙妻没有其他作品传世,以她的才华与风骨,应该会创作不少佳作,只可惜都没有流传下来。

孟珠

阳春二三月，草与水同色

汉初女子地位较高，有吕后、窦太后这样的女性政治家，汉乐府中，产生了《上邪》这样情感强烈、敢爱敢恨的作品，也发生了才女文君夜奔相如这样大胆叛逆、无视礼教的行为。

但是到了汉末，兵荒马乱，民不聊生，女子的地位也有所下降，她们在乱世中感到无所依托，诗风也变得越发轻盈柔媚。学者谭正璧在《中国文学女性史话》中道："大约在汉末兵乱之后，女子的处境已不比从前，所以会产生这种艳丽婀娜的绝妙文学。"尤其南方本就山清水秀，和风细雨，渐渐滋润出与粗犷雄浑的北方诗风截然不同的柔媚细腻的南方诗风，比如汉魏时才女孟珠的作品《阳春歌》：

人言孟珠富，信实金满堂。龙头衔九花，玉钗明月珰。

阳春二三月，草与水同色。攀条摘香花，言是欢气息。

人言春复著，我言未渠央。暂出后湖看，蒲菰如许长。
扬州石榴花，摘插双襟中。葳蕤当忆我，莫持艳他侬。

阳春二三月，草与水同色。道逢游冶郎，恨不早相识。
望欢四五年，实情将懊恼。愿得无人处，回身与郎抱。

阳春二三月，正是养蚕时。那得不相怨，其再许侬来。
将欢期三更，合冥欢如何。走马放苍鹰，飞驰赴郎期。

适闻梅作花，花落已成子。杜鹃绕林啼，思从心下起。
可怜景阳山，苕苕百尺楼。上有明天子，麟凤戏中游。

孟珠是丹阳女子，丹阳一说是在湖北秭归东南，一说在枝江东北二水汇流处。孟珠善作《阳春歌》，其体为五言四句，已开《子夜歌》先声。《古今乐录》曰："《孟珠》十曲。二曲，倚歌八曲。旧舞十六人，梁八人。"《阳春歌》如今只剩了这几首诗存世，首首情景交融。

"阳春二三月，草与水同色。"这是这几首诗中流传最广的诗句。诗句浅近，却如小小的风的旋涡，在心湖中缓缓荡起层层的涟漪。早春，那草绿意盈盈，映着水光，水色也成青碧，水和草都是葱郁的绿色，舒畅着人的眼睛。"攀条摘香花，言是欢气息。"春天里的花儿姹紫嫣红，鲜妍明媚，散发着馥郁的香气。摘下一朵花儿，嗅着它的芬芳，仿佛是心爱的情郎身上传来的气息。因为爱着那个人，所以眼前的一切美好无不是他的化身。风流洁净的气息，大胆勇敢的表白，是乐府诗的特色，令人心旌摇曳。"愿得无人处，回身与郎抱"，女子希望到没有人的地方，抱住思念多时的心上人，以解相思之苦，则更是惊世骇俗了。

孟珠的生平没有流传下来。后人只知其诗不知其人。后来鲍令晖有作《丹阳孟珠歌》，直接引用了诗句“阳春二三月，草与水同色”：

阳春二三月，草与水同色。道逢游冶郎，恨不早相识。

远望夫为遥，踟蹰不得并

王宋

王宋，汉末建安年间（196—200）平虏将军刘勋的妻子，有两首诗传世。

刘勋位高权重，深得丞相曹操器重。王宋是贤德聪慧的名门闺秀，初婚时刘勋对她也颇有情意。本来夫妻感情尚好，但随着年龄增长，容色渐渐衰败，刘勋对她也越来越冷漠无情。

在结婚 20 余年后，刘勋喜新厌旧，迷恋上山阳（今河南省焦作市东）司马氏的一位年轻姑娘。司马氏当时也是大族，与司马氏联姻，自然于己大有好处。于是，刘勋便以王宋没有子女为借口，置多年夫妻情分于不顾，狠心将其休弃。

王宋独自一人缓缓行走在回娘家的路上，又伤心又劳累，满目凄然。但她心中仍存着对丈夫的无限眷恋。她内心深处，仍然希望有一天，丈夫能够回心转意，她能够重新回到丈夫身边。在途中，她写下了两首《杂诗》：

翩翩床前帐，张以蔽光辉。
昔将尔同去，今将尔共归。
缄藏箧笥里，当复何时披？

谁言去妇薄？去妇情更重。
千里不唾井，况乃昔所奉。
远望夫为遥，踟蹰不得并。

旧居卧室里，那床前华美的帐子曾经随着风翩翩而飞，它是为了遮挡光亮而张挂起来的。当年出嫁，这帐子是陪嫁的物品，随着自己一起来到夫家，而如今，自己又要携着它一同回到娘家。珍重地把它收藏在箱子里吧，不知什么时候才能重新把它挂上。

谁说弃妇对前夫的心意已经淡薄呀？弃妇的情意却更为深重了。纵使离家千里，她不会唾骂那饮用过的井，更何况是从前所曾侍奉的丈夫呢？遥遥望着已经离开很远的家，却总觉仿佛还近在眼前，仿佛触手可及，为什么自己只是徘徊不进，不能回到他的身边？

后来，刘勋因罪被处死。他见异思迁，攀附权贵，并没有得到一个好结局。才女王宋自然也没有盼来夫妻的重聚和团圆。她只能孤独地在娘家终老了。

左棻

何以诉辛苦？告情于文辞

左棻，西晋女诗人，字兰芝，齐国临淄（今属山东省）人，文学家左思之妹。她出身寒微，从小便聪敏好学，工于文辞。著有文集 4 卷，现已散佚。现存作品有 2 首诗，及赋、颂、赞等 20 余篇。

左棻的哥哥左思年幼时资质平平，父亲对他很是失望，有一次指着他对别人说，这孩子的资质远不如自己小时候。左思深受刺激，因此发愤苦读，终于成为了一代著名文人。

“洛阳纸贵”的成语就是因左思而来的，左思非常仰慕前人班固写的《两都赋》和张衡写的《两京赋》，于是耗费了近 10 年的心血，写了一篇《三都赋》（当时三国归晋，三都是指魏、蜀、吴三国之都）。此赋一出，风靡全国，洛阳文人竞相传阅抄写，“洛阳为之纸贵”。

不过，左思还以另一件事——貌丑而出名。据《世说新语》记载："左太冲绝丑，亦复效岳游遨，群妪齐共乱唾之，委顿而返。”意思是，左思极为丑陋，见潘岳出门如此受欢迎，于是，东施效颦一番，也出门遨游，结果因貌丑而被一群女子唾面，只能委顿而归。可见左思丑到了何等地步。

哥哥相貌如此丑陋，妹妹自然也强不到哪里去。左棻虽然是出名的才女，诗词歌赋样样精通，但她18岁的时候，同龄的女孩子都已经嫁作人妇了，貌丑的她却“无人问津”。晋武帝听说了她的才名，纳她为妃嫔。太始八年(272)，左棻被武帝封为修仪，后为贵嫔，世称“左贵嫔”。

武帝并不是真心宠爱左棻，只是慕才而已，因此她没有子女。她只是武帝用来显摆自己品位不俗的一个装饰品而已。《晋书》中称她“姿陋体羸，常居薄室”。后宫中美女如云，都争着被宠幸，皇帝选吴国孙皓宫女五千入宫，佳丽太多，以至于自己都不知道该临幸谁，所以常常坐上羊车，在后宫转一圈，停到哪里就在哪里过夜。而左棻因为相貌丑陋，体弱多病，根本得不到皇帝的宠幸。武帝的宫车从未在她宫前停留过。

灵慧聪颖的她不会不知道，从一开始入宫，她便是孤独的，没有人真正懂得她丑陋外表下的一颗玲珑诗心。

武帝非常欣赏左棻的才情，常常和她谈论文学。她言及文义，辞对清华，左右侍听，莫不称美。在宫中，只要得了什么方物异宝，或者有婚丧大事，武帝必把左棻招来为之赋颂。她才思敏捷，为文宏丽，每每让武帝惊叹不已，每每对她多有赏赐。

有一天，武帝得了一只啄木鸟，很是高兴，马上召来左棻，让她作诗。她不需思量，应声而作《啄木诗》：

南山有鸟，自名啄木。饥则啄树，暮则巢宿。
无干于人，唯志所欲。性清者荣，性浊者辱。

这首诗托物言志,简洁生动,以性情恬淡的啄木鸟来比喻自己高洁的品德,隐隐寄托了自己对自由的向往。皇帝叹服,称赞她才华卓绝,聪慧过人。群臣也跟着赞赏不已。明代钟惺的《名媛诗归》中评说:"咏物诗说性情妙矣!却又以明达语与物理印证,唯杜工部诗独擅其美,不知原本实在此。"清代沈德潜评此诗说:"学问语,无蒙腐之气。"后人给予此诗极高的评价。

左棻还有一篇《郁金颂》云:"伊芳有奇草,名曰郁金。越自殊域,厥珍来寻。芳香酷烈,悦目怡心。明德惟馨,淑人是钦。"左棻貌丑才高,虽不为武帝所爱悦,但作为才女的左棻对美好事物的敏锐感知,并没有因为寂寂深宫与无聊生活而消减。她称赞郁金香芳香酷烈,悦目怡心,便如女子美好的德行。她还作有《芍药花颂》《菊花颂》《松柏赋》等,深宫之中,唯有草木怡心。

她被封为贵嫔,但实际上成为了后宫中的秘书长,后宫中的重大文书,无不出自她的手笔。平常的日子里,她只是在灯下,静静看书,默默写诗,日复一日,年复一年。

哥哥左思心疼她的境遇,可是对她的处境也是无能为力,于是写了《悼离赠妹诗》两首来安慰她,她看到诗句,潸然泪下,和了一首《感杂诗》:

自我去膝下,倏忽逾再期。渺渺浸弥远,拜奉将何时?
披省所赐告,寻玩悼离词。仿佛想容仪,唏嘘不自持。
何时当奉面?娱目于书诗。何以诉辛苦?告情于文辞。

这首诗语言十分简单素朴,但感情极为深沉。自从与哥哥分别以后,时间一晃就是两年,相隔如此遥远,不知道什么时候才能再相见。

只好取出哥哥给她的家信和诗歌，一遍又一遍地看着，想象着哥哥的容貌，悲伤得难以自持。什么时候能再见面，一起读书，一起吟诗呢？

日子就在这寂寞宫室里消磨。寂寞空庭春欲晚，梨花满地不开门。春去秋来，数十年过去了。她老了，身体也日渐衰弱。

后来，晋武帝去世了，晋惠帝贾皇后操纵朝政，威逼后宫，一时人心惶惶。左棻就是在这时静静地死去了，卒年52岁。一代才女的青春与才华，就默默地埋没在历史的烟尘之中了。

只有她写下的著名的《离思赋》，诉说着她不绝于缕的哀思：

生蓬户之侧陋兮，不闲习于文符。不见图画之妙像兮，不闻先哲之典谟。既愚陋而寡识兮，谬忝厕于紫庐。非草苗之所处兮，恒怵惕以忧惧。怀思慕之忉怛兮，兼始终之万虑。嗟隐忧之沉积兮，独郁结而靡诉。意惨愦而无聊兮，思缠绵以增慕。夜耿耿而不寐兮，魂憧憧而至曙。风骚骚而四起兮，霜皑皑而依庭。日晻暧而无光兮，气懰栗以洌清。怀愁戚之多感兮，患涕泪之自零。

昔伯瑜之婉娈兮，每彩衣以娱亲。悼今日之乖隔兮，奄与家为参辰。岂相去之云远兮，曾不盈乎数寻。何宫禁之清切兮，欲瞻睹而莫因。仰行云以欷兮，涕流射而沾巾。惟屈原之哀感兮，嗟悲伤于离别。彼城阙之作诗兮，亦以日而喻月。况骨肉之相于兮，永缅邈而两绝。长含哀而抱戚兮，仰苍天而泣血。

乱曰：骨肉至亲，化为他人，永长辞兮。惨怆愁悲，梦想魂归，见所思兮。惊寤号咷，心不自聊，泣涟洏兮。援笔抒情，涕泪增零，诉斯诗兮。

值得一提的是，左棻不仅是位诗人，还是一位有自觉文学批评思想的创作者。在《离思赋》末尾，她写道："援笔抒情，涕泪增零，诉斯诗兮。"又在《感杂诗》结语中吟道："何时当奉面？娱目于书诗。何以诉辛苦？告情于文辞。"在这两篇文章末尾，左棻均表达了同样的创作感受——援笔抒情。

绿珠

丝布涩难缝，令侬十指穿

绿珠，晋代女子，白州博白（今广西壮族自治区博白县）人，本姓梁，有西晋第一美女之称。她出身贫困，传说她家乡有一口美人井，因松花粉等天然花粉、花露飘落于井中而得名。绿珠便是喝美人井的井水长大的，长大后便如明珠美玉一般光彩照人。

绿珠不仅美貌，还能歌善舞，吹得一口好笛子。当时的巨富石崇为荆州刺史时，无意中遇到绿珠，一瞥之下，惊为天人，立刻以三斛明珠为绿珠赎身，将她带回了家，成为了自己的宠妾。时年绿珠 16 岁。

石崇生性聪明，有才气，能诗文，《全晋文》收录有《思归叹》《楚妃叹序》《琵琶引序》《金谷诗序》等多篇文字。但他性格放荡不羁，行为也不检点。据说他的财富是他做南中郎将、荆州刺史兼任南蛮校尉将军的时候，在荆州一代抢劫过往客商的钱财而得的。依靠这样非法的手段，他积聚起了惊人的财富，当时可谓是富可敌国。唐代房玄龄曾称："石崇学乃多闻，情乖寡悔，超四豪而取富，喻五侯而竞爽。"

他的别馆金谷园是个如《红楼梦》大观园一般富丽精致的地方，宏丽室宇彼此相连。郦道元《水经注》谓其“清泉茂树，众果竹柏，药草蔽翳”。园内筑百丈高的崇绮楼，可“极目南天”，里面装饰以珍珠、玛瑙、琥珀等，宛如宫殿一般，可谓穷奢极丽。明代诗人张美谷诗云：“金谷当年景，山青碧水长。楼台悬万状，珠翠列千行。”清代扬州画派画家华喦也画有《金谷园图》。

石崇的几百个姬妾，都穿着精美的锦缎，身上还装饰着璀璨夺目的珠玉。每次宴客，他必命绿珠出来歌舞侑酒，绿珠樱唇含笑，纤腰楚楚，边歌边舞，有回风舞雪的风姿。见到绿珠的人无不惊为天人。石崇在众多姬妾之中，唯独对绿珠别有宠爱。

石崇虽然宠爱她，但绿珠毕竟是不自由的，对自己的生命和生活无法自主，因此，她只能在歌中轻轻唱出自己的情怀。她擅长吹笛，又善舞《明君》曲。《明君》曲乃石崇所授，绿珠得其精髓。她还颇有诗才，自制新歌，曾作下《懊侬歌》一首：

丝布涩难缝，今侬十指穿。黄牛细犊车，游戏出孟津。

《古今乐录》记载：“《懊侬歌》者，晋石崇绿珠所作，唯‘丝布涩难缝’一曲而已，后皆隆安初民间讹谣之曲。”这首诗恰到好处地表现出少女的活泼与娇憨，一派天然。她不耐女红，而爱好出游，喜欢坐着牛车出去游玩。

关于石崇的富裕有不少故事流传。据《世说新语》载，石崇的别馆里连厕所都修建得精美绝伦，并准备了各种香水、香膏，还有十多个穿着锦绣、打扮艳丽的婢女捧着香袋侍候。客人上过了厕所，这些婢女便要客人把身上穿的衣服脱下，侍候他们换上了新衣才让他们出去。

因为太过讲究，以至于来访的客人大多不好意思如厕。

石崇还曾经公开与国舅王恺斗富。有一天，石崇听说王恺家里洗锅子用饴糖水，就命令自家厨房用蜡烛当柴火烧。这件事一经传开，轰动全城。王恺自然很不服气，于是在他家门前的大路两旁，夹道 40 里，用紫色的丝绢编成屏障。谁要上王恺家，都要经过这 40 里的紫丝屏障。结果石崇不甘示弱。他用比紫丝更为贵重的五彩锦缎，铺设了 50 里屏障，比王恺的屏障更长，更富丽堂皇。王恺又输了一着，并不甘心罢休，于是跑到皇宫里去，向他的外甥武帝救助。

武帝就把宫里收藏的一株两尺多高的珊瑚树赐给王恺。王恺便特地请石崇和一批官员上他家吃饭。宴席上，王恺命令侍女把珊瑚树捧了出来。那株珊瑚有两尺多高，光华耀眼，满室生光，众人禁不住啧啧称奇。王恺正得意间，没想到石崇走上前去，用一支铁如意把珊瑚砸得粉碎。王恺大怒，责问石崇。石崇立刻叫他的随从回家去，把他家的珊瑚树全部搬来让王恺挑选。不一会儿，一群随从回来，搬来了几十株珊瑚树。这些珊瑚中，三四尺高的就有六七株。至于像王恺家那样大小的珊瑚，那就更多了。周围的人包括王恺都目瞪口呆。

但石崇并没有得意太久。他“媚上、争平、凌下”，在朝廷里投靠了贾谧，以他为靠山。待后来贾谧在政治斗争中失败被诛，石崇因为是贾谧同党，被免官。当时赵王司马伦专权，石崇的外甥欧阳建与司马伦有仇。依附于赵王伦的孙秀早就看上了绿珠，石崇一被免职，他便明目张胆地派人向石崇索取绿珠。

石崇正在家里登凉观，临清水，姬妾们都侍立在一旁。忽然听到孙秀差人来索取美人，石崇便将数十名姬妾叫出来让使者挑选，这些姬妾都满身散发着兰麝的芳香，披戴着精致的绫罗细纱。使者却说一定要绿珠：“君侯服御丽则丽矣，然本命指索绿珠，不知孰是?”石崇坚决不给，说："绿珠吾所爱，不可得也。"使者去而复返，再三劝说，石崇只是不肯。使者回报后，孙秀大怒，立即出言劝赵王伦诛杀石崇。赵王伦于是派兵去捉拿石崇。

石崇正在金谷园与绿珠饮酒作乐，便见甲士到了门口。石崇心知大势已去，对绿珠叹息道："我今为尔得罪。"绿珠流泪说："当效死于君前。"说完之后，绿珠突然纵身从楼上跳下，石崇急忙伸手去拉，却只抓住了一块绿色衣角。绿珠已经香消玉殒，此时她不过约莫25岁。

因为绿珠传奇的出身，惊人的才貌，凄惨的命运，后人凭吊绿珠的诗篇数不胜数。白居易《洛中春感》说："莫悲金谷园中月，莫叹天津桥上春。若学多情寻往事，人间何处不伤神。"杜牧《金谷园》云："繁华事散逐香尘，流水无情草自春。日暮东风怨啼鸟，落花犹似坠楼人！"《红楼梦》中黛玉亦有咏绿珠诗："瓦砾明珠一例抛，何曾石尉重娇娆。都缘顽福前生造，更有同归慰寂寥。"

民间有人曾仿绿珠《懊侬歌》，连原作共14首，成为了东晋安帝时流传甚广的民歌。

翾风

春华谁不美，卒伤秋落时

翾风，晋代女子，生卒年不详，晋代巨富石崇的婢女。

翾风的意思是“流风”。她不是汉人，而是胡女，石崇于胡中买下了她，当时她刚刚 10 岁。石崇见她聪明可爱，便带回家将她养大，作为自己的婢女。

翾风长到了 15 岁时，成为了一个标致的美人，容貌美艳绝伦，声音清脆柔软，性情也机变灵敏，善于察言观色。除此之外，她还擅长文辞，能自己作诗。石崇婢女中，美艳者有数千人，而翾风以文辞出众受到石崇的特别青睐。

石崇曾经对翾风说，等他百年之后，希望能以翾风殉葬。这一则说明了石崇对翾风的喜爱；二则说明了石崇完全把翾风视作了自己的私有财产，丝毫没有对她的人身自由与人格尊严的尊重。翾风则机敏答道：“生爱死离，不如无爱。妾得为殉，身其何朽。”于是她越发受到石崇的宠爱。

石崇富可敌国，骄奢当世，他家中有极多的珍宝瑰奇，他都视如瓦石，聚如粪土，这些奇珍异宝都来自殊方异国，没有人能辨识其出处。翾风是胡女，“妙别玉声，能观金色”，石崇便要翾风辨别珠宝声色，并了解其所出之地，翾风一一辨别，从容说道：“西方、北方，玉声沉重，而性温润，佩服益人灵性；东方、南方，玉声轻洁，而性清凉，佩服利人精神。”石崇赞许不已。

石崇的姬妾婢女中美女如云，他选择数十人，妆饰打扮完全一样，乍然一看，甚至分辨不出来。石崇刻玉龙佩，又制作金凤凰钗，昼夜声色相接，称为“恒舞”。每次欲有所召幸，不呼姓名，只听佩声看钗色。佩声轻的居前，钗色艳的在后，次第而进。侍女各含异香，笑语则口气从风而飏。

石崇又洒沉香屑于象牙床，让所宠爱的姬妾踏在上面，没有留下脚印的赐珍珠一百粒；若留下了脚印，就让她们节制饮食，以使体质轻弱。因此姬妾闺中相戏说：“尔非细骨轻躯，哪得百琲珍珠？”

翾风年轻貌美之时，在这些如云美女之中算是出类拔萃的，极受石崇宠爱。可是待她年过 30 之后，渐渐不复少女朱颜。年长而色衰，色衰而爱弛，爱弛则恩绝，她被其他更年轻更善于争宠的女子所排挤，于是开始遭到石崇的冷落与无视，后来更是被贬作了主管群少的房老。

对比之前的宠爱与恩遇，再看如今的冷落与孤独，翾风既气愤又伤心，便作下了一首《怨诗》：

春华谁不美，卒伤秋落时。突还烟自低，鄙退岂所期？
桂芬徒自蠹，失爱在蛾眉。坐见芳时歇，憔悴空自嗤。

她这首诗以春花作比喻，春花在春日里鲜妍明媚，然而秋日里却萎落飘零，暗喻的则是当时女子普遍的命运：青春貌美时备受青睐，年华老去之后则境遇凄惨。然而谁不会老呢？全诗感情含蓄而又深沉，透露出无限的伤感与感慨。

石崇后来被杀，翾风则下落不明，不知去向了。

谢道韫

峨峨东岳高，秀极冲青天

谢道韫，字令姜，东晋时女诗人，陈郡阳夏（今河南省太康县）人。她是东晋宰相谢安的侄女，安西将军谢奕的女儿，也是著名书法家王羲之次子王凝之的妻子。谢道韫著有文集2卷，现已佚。今存文1篇，诗2首。

谢道韫出生于陈郡谢氏家族，其家族在谢玄时代已经成为江左高门，号称“诗酒风流”。谢道韫的容貌并没有具体记载，但定然也是极出色的美人。因为谢家人大多风流潇洒，宋代词人辛弃疾在《沁园春·灵山斋庵赋时筑偃湖未成》中便将秀山青峰比作谢氏儿女：“看爽气朝来三数峰，似谢家子弟，衣冠磊落，相如庭户，车骑雍容。”谢道韫便是谢氏儿女中出类拔萃的一个。《晋书》中有她的传记，称她“风韵高迈”，《三字经》中也有关于她的句子：“谢道韫，能咏吟。彼女子，且聪敏。尔男子，当自警。”

谢道韫最有名的故事当是“咏絮”之事。一年冬天，雪花纷飞，谢家子弟正围炉夜话。谢道韫的叔叔谢安一时兴起，问在座的侄儿侄女们：“白雪纷纷何所似？”谢安的二哥谢据的儿子谢朗答道：“撒盐空中差可拟。”谢安听了侄儿的回答后，默不作声。谢道韫随即答道：“未若柳絮因风起。”听了谢道韫的回答，谢安捋须微笑，大为赞赏。此后，人们称有文学才能的女子为“咏絮之才”“谢娘”。

在谢家众多的儿女中，“谢家风范”在谢道韫身上表现得最为突出。有一次，谢安问谢道韫：“《毛诗》中何句最佳？”谢道韫答道：“《诗经》三百篇，莫若《大雅·嵩高篇》云，吉甫作颂，穆如清风。仲山甫永怀，以慰其心。”谢安当即称赞谢道韫颇有“雅人深致”。

对侄女的婚事，谢安十分关心，侄女如此冰雪聪明、灵心慧质，要什么样的男子才能配得上呢？考虑再三，谢安选择了王羲之的次子王凝之作他的侄女婿。于是，在谢道韫 15 岁那年，她便与王凝之成婚了。

王凝之人如其名，端凝忠厚，也是一位书法家，写得一手好字。但从小见惯了大才子的谢道韫认为王凝之才能平庸，回门后郁郁不乐。谢安便问她说：“王郎，逸少之子，人才亦不恶，汝何以恨乃尔？”谢道韫答道：“一门叔父，则有阿大、中郎。群从兄弟，则有封、胡、遏、末。不意天壤之中，乃有王郎！”她的叔父、兄弟都是当世第一流的杰出人物，她从未想过，自己嫁的夫君，竟然是这般平庸不起眼，在叔父和兄弟的光芒衬托下黯然失色。虽然对夫婿并不满意，但她嫁到王家之后，仍然守礼孝顺，很受王家人的喜爱。

谢道韫诗才出众，辩才也极佳。晋代清谈之风盛行，文人雅士，经常围坐在一起，茶酒在旁，畅所欲言。有一次，王凝之的弟弟王献之与友人讨论诗文，落于下风，谢道韫听到了，立即要侍女转告王献之：“愿为小郎解围。"于是,谢道韫便坐到屏风后面,加入了清谈之中。她引经据典,妙语如珠。友人张口结舌,不能应答,只好甘拜下风,并深为钦佩。在座的人都叹服于谢道韫的才华。

《世说新语》记载,有一位叫济尼的尼姑,常常出入王、顾两家,当时有人问济尼,谢道韫与另一位名门闺秀张彤云谁更好一些,济尼思索之后,说道:"王夫人神清散朗,故有林下之风;顾家妇清心玉映,自是闺房之秀。"她貌似是把两位夫人都夸奖了一番,但显然林下之风的超逸脱俗之姿大大胜过了闺房之秀的小家碧玉之态。从此之后,人们称赞才女的超凡脱俗之姿为"林下之风"。

一代才女,一生却并不平顺,她所适非偶,晚年也遭逢乱世。她年老之时,以海盗起家的匪盗孙恩作乱,并率兵进攻会稽。

叛军长驱直入,王凝之抵挡不了,他和子女们都被贼兵杀害。谢道韫却凛然不惧,手持兵器带着家中的仆人向贼兵冲去。她独力杀死贼兵数人,然而终因寡不敌众,被贼兵俘虏,此时她怀中还抱着只有3岁的外孙刘涛,但面无惧色。

孙恩早已听说过谢道韫的才名,见她年老体弱,仍然勇敢刚烈,于是改容相待,派人将她和她的外孙刘涛一起送回会稽。从此谢道韫寡居会稽,直至逝世。

孙恩之乱平定之后不久,新任会稽郡守刘柳前来拜访谢道韫。交谈之中,刘柳只觉谢道韫虽然年华已逝,但风韵高迈,叙致清雅,依然是传说中的那个"咏絮才女"。事后,刘柳常对人夸奖谢道韫说:"夫人实在是前所未见的才女,瞻察她的言谈和才气,使人心形俱服,一席谈论,受惠无穷。"

谢道韫的风范就像她所作的《泰山吟》一般,秀极冲青天,有着宏大而开阔的胸襟气势:

峨峨东岳高，秀极冲青天。岩中间虚宇，寂寞幽以玄。
非工复非匠，云构发自然。器象尔何物，遂令我屡迁。
逝将宅斯宇，可以尽天年。

面对雄峻壮伟、令人心旷神怡的泰山，谢道韫表达的是天人合一、将有限之生命融于无限之山川美景的博大胸怀，毫无脂粉气。

她还曾作过一首《拟嵇中散咏松诗》：

遥望山上松，隆冬不能凋。愿想游下憩，瞻彼万仞条。
腾跃未能升，顿足俟王乔。时哉不我与，大运所飘摇。

她把山上经冬不凋的松树作为自己高洁、坚韧的人格象征，并寄予了自己的理想抱负，希望能有所作为，但她又清醒地认识到在当时的社会，女性不可能有施展才华的舞台，因此慨叹理想无法实现。但是整首诗并无颓废之意，气势雄浑，风神飘逸。前人评论：“直可与渊明媲美矣。”

谢芳姿

白团扇，辛苦互流连

谢芳姿，东晋末年女子，为尚书右仆射王珣夫人谢氏的婢女。她作有《团扇歌》，后来“团扇歌”便成为了乐府曲名。

据《古今乐录》记载，谢芳姿虽然是王珣夫人谢氏的婢女，但生得肌骨莹润，歌喉又宛转，一颦一笑十分动人。王珣有个弟弟名叫王珉，官居中书令。王珉生得玉树临风，俊逸出众，手上摇着一柄白羽扇，显得更加风姿潇洒。

谢芳姿对王珉一见钟情，王珉对美貌的谢芳姿也是十分心动，两人情投意合，不知不觉彼此之间产生了爱情，便私下里交往起来，且越来越密切。谢芳姿还亲昵地称呼王珉为“团扇郎”，两人柔情蜜语，不肯分离。

但不久，他们的恋情传入了谢氏的耳中，谢氏大怒，对谢芳姿处以刑罚，重重鞭挞了她。还是闻讯赶来的王珣担心打得太厉害会出事，影响自家声誉，于是阻止了妻子，劝她放了谢芳姿。

但谢氏怒气尚未全消。因为谢芳姿平日里善于唱歌，于是谢氏要求她唱歌一曲以赎罪。

谢芳姿被打得奄奄一息，但为了平息夫人的怒火，勉强开口唱了一曲《团扇歌》：

白团扇，辛苦互流连，是郎眼所见。

她既不求饶，也不悔过，不卑不亢，歌喉清亮柔润。谢氏这才消了气，放了她。而这首《团扇歌》也就传开了。

后来，谢芳姿再次遇到了王珉。王珉明明知道歌中的“郎”指自己，但为了避嫌，故意问芳姿这首歌是为谁而作。谢芳姿心中非常生气，唱了另一首歌《团扇歌》作答：

白团扇，憔悴非昔容，羞与郎相见。

对于王珉的置身事外，谢芳姿是极为失望的。因此，她曼声唱出了这首歌，既不指责，也不诉苦，更不期待旧情复燃，而是表示从此一刀两断的决心。

这两首诗都是以“白团扇”开头起兴，音节和谐优美，具有清新的民歌风格。

后人有模拟作吴声歌曲《团扇歌》，又称《团扇郎歌》。后来王献之妾桃叶也曾作《团扇歌》，亦有用“羞与郎相见”语。

也有诗人以此为典来作诗，如明代王彦泓所写的《忆著》：

忆著垂髫覆额时，此生难负谢芳姿。

半宵欢泪零残烛,十载离肠搅乱丝。
相望莫辞千里隔,行踪惟许月明知。
从今注定鸳鸯牒,一炷盟香一首诗。

又如清代孙原湘所作的《为子和姬人题团扇(其三)》:

石阑点笔称题诗,树底轻凉拂面时。
谁唱画屏团扇曲,侍儿犹是谢芳姿。

桃叶

桃叶映红花，无风自婀娜

桃叶，东晋女子，为著名书法家王献之的妾，有《团扇歌》3首传世。

王献之是大书法家王羲之的儿子，以行书和草书闻名后世，在书法史上被誉为“小圣”，与其父并称为“二王”。张怀瓘的《书议》曾这样评价王献之：“子敬之法，非草非行，流便于草，开张于行，草又处其中间。……有若风行雨散，润色开花，笔法体势之中，最为风流者也。”

桃叶是绝色美人，生得灼灼耀眼的美丽。王献之很是爱她，桃叶也崇拜王献之，两人感情非常融洽。有一次，王献之送她回娘家，到了渡头，桃叶依依不舍，迟迟不肯踏上渡船。

王献之自然也是不舍，为了安慰心爱的美人，写了《桃叶歌》，唱给桃叶听：

桃叶复桃叶，渡江不用楫。但渡无所苦，我自迎接汝。

他的意思是，桃叶啊桃叶，渡江不用桨，你放心去吧，等你回来我自然过来迎接。桃叶闻声答之：

桃叶复桃叶，渡江不待橹。风波了无常，没命江南渡。

桃叶又另作了一首《桃叶歌》以表心意：

桃叶映红花，无风自婀娜。春花映何限，感郎独采我。

诗中的“郎”即指王献之。碧绿桃叶映着鲜红桃花，虽然没有风在吹，也仿佛在微微晃动，显得袅娜多姿。这明媚的春天啊，四处鲜花盛开，姹紫嫣红，但是郎君在万花丛中，唯独喜爱我，采摘了我。这是美人桃叶以桃花、桃叶自喻，感谢王献之对她的一片深情。

王献之则又答道：

桃叶复桃叶，桃树连桃根。相怜两乐事，独使我殷勤。

桃叶啊桃叶，两情相悦是世上最美好的事情，尘世中美女如云，但唯有你使我心动，我也只对你一个好。

歌儿十分简单明快，深受当时吴地民歌的影响，桃叶的天真美貌与俏皮生动、王献之对桃叶的真挚之爱，在诗中展露无遗。

在当时，《桃叶歌》的意义非凡。晋代儒家思想影响减弱，老庄思想抬头，文人们崇尚自然，主张在诗歌中表达率性真实的情感，不同于儒家“发乎情，止乎礼”的温柔敦厚之诗教。南朝又民风开放，歌舞发达，“都邑之盛，士女昌逸，歌声舞节，炫服华妆，桃花绿水之间，秋月春风之下，无往非适”。因此，《桃叶歌》中，王献之敢于表现对爱妾的感情，而且表达得这样优美热烈，无遮无掩，是受到当时社会环境与文艺氛围的影响的。

“桃叶复桃叶，渡江不用楫。但渡无所苦，我自迎接汝。”从此，秦淮河畔就有了一个新的渡口名——桃叶渡，现在还建有桃叶渡亭，立有桃叶渡碑。明代昆山人沈愚曾作《过桃叶渡》：“江花舍笑欲争春，江水笼烟柳色新。商女停舟唱桃叶，东风愁杀渡江人。”

桃叶也作了《团扇歌》三首作答：

七宝画团扇，灿烂明月光。与郎却暄暑，相忆莫相忘。

青青林中竹，可作白团扇。动摇郎玉手，因风托方便。

团扇复团扇，持许自障面。憔悴无复理，羞与郎相见。

第一首用圆如明月的团扇起兴，表达对情郎的关心，希望他见扇如见自己，相忆莫相忘。第二首则是用青竹起兴，青竹可以用来做团扇，情郎摇曳团扇，清风徐来，得此凉意。第三首则是说要将团扇轻轻遮住自己的脸，因为面容憔悴，不忍与情郎相见。至于面容为何会憔悴，自然是相思所致。三首诗语言明快，心思巧妙，可见桃叶的确是一位多才俏皮的女子。

《乐府诗集》收有这3首《团扇歌》，但没有标明作者是桃叶，《艺文类聚》认为是桃叶所作。

清溪小姑

丹心寸意，愁君未知

干宝《搜神记》中记载："广陵蒋子文，尝为秣陵尉，因击贼，伤而死。吴孙权时封中都侯，立庙钟山。"《异苑》中则记载："青溪小姑，蒋侯第三妹也。"后人于是传说清溪小姑为汉末秣陵尉蒋子文之三妹，蒋子文在作战时受伤而死。吴王孙权时，人们曾在钟山为他立庙，他的妹妹清溪小姑亦因此被祀为神。

现流传有《青溪小姑曲》和《清溪小姑歌》，都是当时的民间女子唱来祭祀小姑的，作者均已不可考。

作者并没有把清溪小姑当作一个高高在上的神女，而是赋予了她更多人性化的情感。小姑一个人孤零零地住在白水边，桥梁侧，没有郎君的陪伴：

开门白水，侧近桥梁。小姑所居，独处无郎。

此为《青溪小姑曲》，其中“小姑所居，独处无郎”广为流传，后世成语“小姑独处”便出于此，言女子待嫁之意。

《清溪小姑歌》则更为凄清宛转、缠绵不绝：

日暮风吹，叶落依枝。丹心寸意，愁君未知。

太阳下山了，冷风一阵阵地吹着，叶子一片片从树枝上飘落下来，仿佛还不舍得离开似的。那神女心中种种情意，只是怕那意中人不知道哟。

吴均在《续齐谐记》中记载了一个与清溪小姑有关的故事。有一个叫赵文韶的人，夜晚宿在青溪中桥。正是秋夜，月光洒满穹庐，令人不由得怅然思归，赵文韶便倚门唱起了《乌飞曲》。

唱完一曲，歌声似乎依然袅袅未绝。就在这时，忽然来了一个十五六岁的青衣小婢。她走到他面前，敛衽为礼说：“我家姑娘听到了你的歌声，很是喜欢，所以派我过来问问。”过了不久，一个十八九岁的姑娘飘然而至，生得容色绝妙。

她对赵文韶说：“郎君的歌唱得很好，能还唱一曲吗？”赵文韶便唱了一曲《草生盘石下》，声音清亮优美。那姑娘唤小婢取出箜篌鼓之，泠泠似楚曲，又令侍婢歌《繁霜》：“歌繁霜，繁霜侵晓幕。何意空相守，坐待繁霜落。”自己则扣箜篌和之。

赵文韶目眩神驰，流连宴寝，快天亮了才离去。姑娘送了赵文韶一根金簪，赵文韶则送了姑娘银碗及琉璃匕。到了第二天，赵文韶在青溪庙中才知道昨夜所见的是神女青溪小姑。

这个故事，让清溪小姑的传说更多了一层缥缈意味。那美貌又孤独的神女，与凡人以音乐相会，惊鸿一瞥，尔后渺渺无痕，徒留感念与追想。

乐府神弦曲中还有《白石郎曲》，大体上是赞颂男神的美貌。把《青溪小姑曲》和《白石曲》放在一起看，便觉得《青溪小姑曲》仿佛是神女的单相思曲，她哀伤的，是这个“郎艳独绝，世无其二”的白石郎：

白石郎，临江居。前导江伯后从鱼。

积石如玉，列松如翠。郎艳独绝，世无其二。

临江而居的，有一位英俊的男子白石郎，他便像那石块相垒成的玉山、挺立的青翠苍松。他英俊潇洒，风华绝代，世上再没有第二个他这样的人。

小姑独处清溪，如果这临江居的白石郎有一天能来到她身边，这该多好。而男神女神天各一方，独处无郎的小姑只得在日暮风吹、叶落依枝的时候独自一人寂寞地叹息，丹心寸意，愁君未知。

唐代李商隐曾在《无题》中用到这了典故，成就了一句比《青溪小姑曲》流传更广的名句：“神女生涯原是梦，小姑居处本无郎。”

云阳女

欢若见怜时，棺木为侬开

据六朝释智匠《古今乐录》记载，宋少帝时，南徐有一士子从华山畿到云阳去，在客舍见到了一位少女。这少女不过十八九岁年纪，生得秀美绝伦，士子就此一见钟情，神魂颠倒。那少女到底是如何个美法，典籍里并未说明，反而让人更加有了想象空间。

大约是少女已有婚约吧，或许是士子太过羞涩无法开口，总而言之，士子心生爱悦，却不能接近少女，更没有向她表白，以解相思之苦。回来之后，睁眼闭眼都是少女的倩影，他从此茶饭不思，害下相思病，病情越来越重，竟然卧床不起。

士子母亲得知了此事，感念儿子一片痴心，就到华山寻访少女。功夫不负有心人，母亲费尽心思，终于寻找到了少女，并向她详细述说此事，希望她能救士子一命。

少女听到母亲的叙述之后，不由得被士子的痴情感动，为了治好士子，她脱下自己的蔽膝，嘱其母回家后悄悄放在士子席下。蔽膝是古代中原地区人们围于衣服前面的巾布,用以蔽护膝盖,是贴身的衣物。母亲照做了。蔽膝在席下散发出少女的温软香气。士子似乎感应到了什么,病势渐渐减轻,没过几天,竟然病愈了。

一次偶然中,他发现了席下的蔽膝。他苦苦询问母亲,得知是少女所赠,相思之情又被触发,又一次一病不起,而且此次病痛比之前更为严重,于是他吞食蔽膝之后闭目而死。临终时,他叮嘱母亲丧葬的车驾一定要从华山经过。这里的华山不是指五岳的华山,而是指江苏句容境内的华山。

当送葬的牛车经过少女家的门前,奇怪的事情出现了,牛无论如何都不肯再迈动一步。

而那少女得知牛车到来又不肯离去之后,便梳妆沐浴后从容而出,唱了一曲《华山畿》:

华山畿,君既为侬死,独生为谁施?欢若见怜时,棺木为侬开!

少女唱得哀怨缠绵。这首歌的意思是,郎君啊,你葬于华山之脚,你既然为我而死,我独个儿活着又有什么意思呢?你倘若真的爱怜我,就把棺木为我敞开,让我跟随着你去吧。

一曲终了,棺木竟应声而开,女子迅速跳进去,棺木随即合拢。家人怎么叩打也没有回音。最后,家人让二人合棺而葬。时人称为“神女冢”。

这便是梁祝故事之原型了。至今丹徒老百姓仍称《华山畿》为“小梁祝”。

就这样,《华山畿》便传唱开来,今存25首。第一首便是《古今乐录》所记录的故事中少女所唱。其余亦是情歌,有些也是十分柔美缱绻的,但与此传说无关。

刘妙容

愿为星与汉，光影共徘徊

刘妙容，东晋吴令刘惠明之女，字雅华，生卒年不详。她曾作《宛转歌》两首，被收入了《乐府诗集》。

她实际上是个传说中的人物。南朝梁人吴均所著的《续齐谐记》中有她的故事。

晋代的一天，一位叫作王敬伯的18岁年轻人休假还乡，经过吴地。傍晚时分，他把船停在水中小洲旁，登亭望月，怅然有怀。他本来就善于鼓琴，见月色怡人，便抚琴作了一首《泫露》诗。琴声铮然，悦耳动听。他正沉浸在琴声之中，忽然听到亭外有赞叹之声。他转头一望，原来是一位美貌女郎。

女郎面露微笑，对他说："悦君之琴，愿共抚之。"王敬伯欣然答允。女郎转身款款离开，很快又带了两名婢女过来。王敬伯这才仔细看了看那女郎，只见她姿容婉丽，柔情绰态，风度端雅，心中大生好感。女郎抚琴挥弦，调韵哀雅，并道："古所谓《楚明君》也，唯嵇叔夜能为此声，自兹已来，传习数人而已。”王敬伯听这支曲儿，的确是从未听过的佳曲，刚刚女郎说是嵇康才能弹出的《楚明君》曲，自他以来，只传数人，可见女郎琴技之高了。女郎继续抚琴，并唱起了《迟风》之词，又叹息久之。

那美貌女郎命年龄稍大的婢女酌酒，年龄稍小的婢女弹箜篌，作《宛转歌》八曲。女郎取下头上的金钗，扣琴弦而和之，铮铮有声，意韵繁谐。王敬伯静静听完了八首歌儿，心中默默记诵曲辞，但只记住了两首曲子。

夜越来越深了，女郎也要告辞了。她颇为恋恋不舍，于是送了锦卧具、绣香囊以及一双玉佩给王敬伯作为礼物。王敬伯见女郎殷勤客气，于是也回赠给她牙火笼、玉琴轸等物。女郎怅然说：“深闺独处，十有六年矣。邂逅旅馆，尽平生之志，盖冥契，非人事也。”说完便离去了。

王敬伯上船后，到了虎牢戍，听闻吴令刘惠明有爱女刚刚在一艘小船中逝世，船中的卧具全都不见了。王敬伯大惊，找了过去，结果在他的船上翻出了刘姑娘的卧具，即神秘女郎赠给他的礼物。王敬伯把前一天晚上的经历原原本本地告诉了刘惠明，跟着去刘姑娘帐中寻找，果然找到了自己送出去的牙火笼、玉琴轸。

他一问之下才得知，刘姑娘名妙容，字雅华，年龄大的婢女名春条，20 多岁，年龄小的婢女名桃枝，只有 15 岁，刘妙容和两位婢女都善弹箜篌及唱《宛转歌》，相继俱卒。

王敬伯伤感了一阵，便把他尚能记诵的两首《宛转歌》写了出来，这两首诗文辞优美，缠绵悱恻，情致宛转：

月既明，西轩琴复清。寸心斗酒争芳夜，千秋万岁同一情。

歌宛转，宛转凄以哀。愿为星与汉，光影共徘徊。

悲且伤，参差泪成行。低红掩翠方无色，金徽玉轸为谁锵。

歌宛转，宛转情复悲。愿为烟与雾，氛氲对容姿。

这两首诗，第一首诗是初见的欢喜与分离的忧思，月光下，琴声里的欢喜，在醇酒香气中微醺，以为会是一生一世，却想不到转眼间就要分离，于是轻轻地唱出了宛转的歌儿。她希望他和她的爱能像灿烂星汉一般，光影徘徊，晶莹明亮。

第二首诗则是别后的思念与求而不得的痛苦。因为分离，泪流不止，心中哀伤，眼中看到的事物也都失去了颜色，禁不住再次唱起了宛转的歌儿。她希望他们彼此的爱能如同轻烟淡雾一般，在对方眼中永远氤氲着美好的姿态。

诗中语句如怨如慕，如泣如诉，轻柔又绵长，具有回环错落之美。

执咏反复，触言流泪

陈玢

生活在两晋之交的女作家陈玢，颇擅长诗文。她还是一位难得的女性文学批评家。她曾写下一篇《与妹刘氏书》，这封信是她写给妹妹陈伟方的家书，实际上是一篇文学批评与鉴赏专论。

《与妹刘氏书》见载于《艺文类聚》，全文如下：

伏见伟方所作《先君诔》，其述咏勋德，则仁风靡坠；其言情诉哀，则孝心以叙，自非挺生之才，孰能克隆聿修若斯者乎？执咏反复，触言流泪，感赖交集，悲慰并至。元方伟方，并年少而有盛才，文辞富艳，冠于此世。窃不自量，有疑一言，略陈所怀，庶备起予。先君既体弘仁义，又动则圣检；奉亲极孝，事君尽忠；行己也恭，养民也惠，可谓立德立功，示民轨仪者也。但道长祚短，时乏识真，荣位未登，高志不遂，本不标方外迹也。老庄者，绝圣去智、浑齐万物、等贵贱、忘哀乐，非经典所贵，非名教所取，何必辄引以为喻耶？可共详之。

这封信的主要内容是陈玢对陈伟方所写的追悼她们父亲的诔文《先君诔》进行比较系统性的评点，文字简洁凝练，结构严谨，说理清楚，亲切自然，且蕴有落落大方的气度，读之仿佛见到一位执笔凝思的才女，她因博览群书、文才飞扬而充满文学自信。

陈玢认为妹妹的文章写得很出色，“述咏勋德”与“言情诉哀”两个方面都是写得极到位的，她也叙说了自己阅读之后的印象，认为这篇文字情感真挚，富于感染力，令人览之流泪，悲慰并至，忍不住夸妹妹伟方“年少而有盛才，文辞富艳，冠于此世”。但她随之也提出了一些自己的看法和建议，委婉提出文章的不妥之处。因为她们的父亲生前“既体弘仁义，又动则圣检；奉亲极孝，事君尽忠；行己也恭，养民也惠，可谓立德立功，示民轨仪者也”，怀抱一颗积极入世的心，更具有儒家风范，而不适合用老庄来比喻，因为“老庄者，绝圣去智、浑齐万物、等贵贱、忘哀乐，非经典所贵，非名教所取”，因此“何必辄引以为喻耶”。

这是中国古代女性一篇较早的文学批评专论，它比被郭绍虞称为“妇女作的文学批评第一篇专文”的李清照《词论》早了整整800年。可惜陈玢、陈伟方这两位才女并没有更多文字流传下来。

子夜

冶容多姿鬓，芳香已盈路

子夜，生卒年不详，为晋代女子，有才学，善唱歌，曾作下《子夜歌》，字字率真洒脱。《唐书·音乐志》载："《子夜歌》者，晋曲也。晋有女子名子夜，造此声，声过哀苦。"

《子夜歌》是南北朝乐府民歌，现存 42 首，收入《乐府诗集》中。南北朝乐府民歌分为南朝民歌和北朝民歌两类，南朝民歌又分为《吴声歌》《神弦歌》《西曲歌》三类，《子夜歌》则属于《吴声歌》。《子夜歌》写的是恋情，子夜借其吟唱出心中爱情的悲喜。

关于子夜这个晋代女子，古籍中并没有关于她生平的任何记载，只是从她留存至今的诗里能感受到，子夜是天真的，又是忧伤的。她有那么多幽微清妙的心思：看到了情人，宛转欢喜；但更多的是看不到情人，独自孤单着，思念着。

她就是一个普通的恋爱中的少女，经常是寂寞着的少女。而她的忧伤，是那样轻盈、晶莹、柔软、清澈，富于美感。这是少女才有的月光一般清亮的相思。一颦一笑，一低头，一抬首，都是一幅绝美的画儿，一首缥缈的诗歌。

落日出前门，瞻瞩见子度。冶容多姿鬓，芳香已盈路。

黄昏的时候出门，终于碰见了你。你可知道，为了见你，我是那样精心地装扮过，一路行来，芳香满径。女子都希望，在自己爱着的人面前，展现自己最好的一面，让他看见自己最美丽的样子。千百年来，这种古典的情怀一直没变。“冶容多姿鬓，芳香已盈路”多美。我这样见你，你会为了我的美，而心旌摇荡吗？

宿昔不梳头，丝发被两肩。婉伸郎膝上，何处不可怜？

故意不梳头，缎子般光滑的乌丝就那样随意地披在肩上。低首蹙眉，乌发纷纷散落在你的膝上，这个样子，你到底疼惜不疼惜我呢？这很明显是子夜在撒娇，如此娇憨可爱。

气清明月朗，夜与君共嬉。郎歌妙意曲，侬亦吐芳词。

月明风清夜，和你一起玩乐。你弹出含意微妙的曲子，我也轻轻唱出美丽的歌来相应和。琴瑟相合，心意相通。相爱且相知的人，都会“闻弦歌而知雅意”吧。只要你一个眼神，就知道你的心意，那份默契，让人心安。

42 首《子夜歌》中，动人的还有很多：

自从别欢来，奁器了不开。头乱不敢理，粉拂生黄衣。
始欲识郎时，两心望如一。理丝入残机，何悟不成匹。
前丝断缠绵，意欲结交情。春蚕易感化，丝子已复生。
今夕已欢别，合会在何时？明灯照空局，悠然未有期。
揽枕北窗卧，郎来就侬嬉。小喜多唐突，相怜能几时。
年少当及时，嗟跎日就老。若不信侬语，但看霜下草。
绿揽迮题锦，双裙今复开。已许腰中带，谁共解罗衣。
欢愁侬亦惨，郎笑我便喜。不见连理树，异根同条起。
谁能思不歌，谁能饥不食。日冥当户倚，惆怅底不忆。
举酒待相劝，酒还杯亦空。愿因微觞会，心感色亦同。
夜觉百思缠，忧叹涕流襟。徒怀倾筐情，郎谁明侬心。
夜长不得眠，转侧听更鼓。无故欢相逢，使侬肝肠苦。
欢从何处来？端然有忧色。三唤不一应，有何比松柏？
惊风急素柯，白日渐微蒙。郎怀幽闺性，侬亦恃春容。
夜长不得眠，明月何灼灼。想闻散唤声，虚应空中诺。
人各既畴匹，我志独乖违。风吹冬帘起，许时寒薄飞。
我念欢的的，子行由豫情。雾露隐芙蓉，见莲不分明。
侬作北辰星，千年无转移。欢行白日心，朝东暮还西。
怜欢好情怀，移居作乡里。桐树生门前，出入见梧子。
遣信欢不来，自往复不出。金铜作芙蓉，莲子何能实。
恃爱如欲进，含羞未肯前。口朱发艳歌，玉指弄娇弦。
朝日照绮钱，光风动纨素。巧笑蒨两犀，美目扬双蛾。

后来《子夜歌》成为吴地民间的流行歌曲，最初是徒歌，后来人们便配乐而唱，唱法也十分生动活泼。后来由《子夜歌》又衍生出《大子夜歌》《子夜四时歌》等变曲。

子夜未必想成为诗人，她只是再平凡不过的小女子，她研墨临窗而写之时，只是满心温柔地倾吐自己心中所愿，却流泻出了这么一首又一首灵隽的诗。千百年之后，这些诗还如水边的姜花，摇曳生姿，清芬弥漫。

苏蕙

霜冰斋洁志清纯，望谁思想怀所亲

苏蕙，字若兰，始平（今陕西兴平）人，是东晋陈留武功县令苏道质的第三个女儿，善属文，为回文诗之集大成者。苏蕙流传于世的便只有一幅《璇玑图》，上绣《回文璇玑图诗》。而正是这幅《璇玑图》，让无数后人为之倾倒。

她用百转千回的苦心缝制的《璇玑图》，最初只是为了挽回一个男子的心。她并不知这幅图中她所展现出来的惊人才华，将那瞬间的历史照亮。

苏蕙自幼容颜秀丽，天资聪慧，5 岁学诗，7 岁学画，9 岁学绣，12 岁学织锦。虽然美貌惊人、才华出众，她却谦默自守，不求显扬。

16 岁那年，已是亭亭少女的苏蕙嫁给了秦州刺史窦滔。窦滔长身玉立、文武双全，与苏蕙正是一对璧人。

西晋末年，朝廷昏庸，天下大乱，北方各族也乘机起兵，互相争战吞并，先后建立 16 个政权。公元 357 年，苻坚当了前秦君主。苻坚当政后，窦滔入仕前秦，政绩显著，屡建战功，升任秦州刺使。后因奸臣忌功嫉能，谗言陷害，窦滔被判罪徙放流沙（今新疆白龙滩沙漠一带）。窦滔只得与妻子苏蕙在阿育王寺北城门外海誓山盟，挥泪告别。

苏蕙深爱丈夫，恋恋不舍，她对丈夫表明自己的忠贞不渝，会一直等他回来，誓死不改嫁。窦滔十分感动。

可是窦滔到流沙后却变了心，极其宠爱歌舞姬赵阳台。苏蕙是书香闺秀，哪有赵阳台那样轻盈的舞姿、明媚的眼神？郁郁不得志的窦涛渐渐迷失在赵阳台的舞步之中。而赵阳台也屡屡在窦滔面前攻击苏蕙，让窦滔渐渐疏远了妻子。后来，窦滔奉命出镇襄阳，他并未带上妻子，只带着赵阳台便去赴任了。

苏蕙得知前因后果后，悲伤哀怨不已。长夜漫漫，她只有独自吟诗作文，用以排遣悲伤。

有一天，她忽然想到，自己也可以试着来作一些精巧奇特的诗。

于是，花前月下，椒房灯前，苏蕙凝神执针，将满腔幽思与深情，织成一幅绣有宛转循环锦绣文诗的锦帕，名曰《璇玑图》，寄与窦滔。

窦滔收到之后，随手展开这块锦帕，却不想顿时光华耀眼，他不觉呆了。

锦帕长宽都是 8 寸，上面织有 841 个字，分成 29 行，每行也恰是 29 字，每个字纵横对齐，以红黄、蓝、白、黑、紫五色丝线织绣。这些字纵横、回旋、反复、逆顺读皆成章句，可组成三、四、五、六、七言各种体裁的诗。每首诗语句对仗工整，如泣如诉，而情真意切，令人心动，真可谓妙手天成。窦滔将锦帕宛转循环以读之，只觉文辞凄婉，心也不禁为之所动。

这幅锦帕名为《璇玑图》。璇玑，原意是指天上的北斗星。之所以取名“璇玑”，是指这幅图上的文字，排列得像天上的星辰一样玄妙而有致，“知之者可识，不知者望之茫然”。苏蕙自己也道：“徘徊宛转，自成文章，非我佳人，莫之能解。”

窦滔读后，惊艳于苏蕙的玲珑璇玑巧心思，又感动于她的真挚情意，心中惭愧不已，便前来邀迎苏蕙到襄阳，而把赵阳台送到了关中。窦滔与苏蕙重归于好后，二人恩爱到老。

后世诗人多有为苏蕙抱不平，认为窦滔薄幸，辜负了苏蕙。北宋诗人黄庭坚写了《织锦璇玑图》一首诗曰：

千诗织就回文锦，如此阳台暮雨何？
只有英灵苏蕙子，更无悔过窦连波。

清代诗人王士祯也有为之鸣不平的《织锦巷》诗：

慧绝璇玑手，当如弃置何？怜她苏蕙子，枉嫁窦连波。

《璇玑图》广为流传，上至皇帝、后妃、臣宦、诗人，下至平民百姓都传抄吟诵。就连唐代一代女皇武则天看了之后也“感其绝妙”，亲自为之作《璇玑图序》，称赞她“才情之妙，超古迈今”：

前秦苻坚时，秦州刺史扶民窦滔妻苏氏，陈留令武功苏道质第三女也。名蕙，字若兰。智识精明，仪容秀丽；谦默自守，不求显扬。年十六，归于窦氏，滔甚爱之。然苏氏性近于急，颇伤嫉妒。

滔字连波，右将军于真之孙，朗之第二子也。风神秀伟，该通经史，允文允武，时论尚之。苻坚委以心膂之任，备历显职，皆有政闻。迁秦州刺史，以忤旨谪戍敦煌。会坚克晋襄阳，虑有危逼，藉滔才略，诏拜安南将军，留镇襄阳。初，滔有宠姬赵阳台，歌舞之妙，无出其右。滔置之别所。苏氏知之，求而获焉，营加棰辱，滔深以为憾。阳台又专伺苏氏之短，谗毁交至，滔益忿恨。苏氏时年二十一。及滔将镇襄阳，邀苏同往，苏氏忿之，不与偕行。滔遂携阳台之任，绝苏音问。

苏氏悔恨自伤，因织锦为回文：五采相宣，莹心耀目。纵横八寸，题诗二百余首，计八百余言，纵横反复，皆为文章。其文点画无阙，才情之妙，超古迈今，名《璇玑图》，然读者不能悉通。苏氏笑曰："徘徊宛转，自为语言，非我佳人，莫之能解。"遂发苍头赍至襄阳。滔览之，感其妙绝，因送阳台之关中，而具车从盛礼迎苏氏归于汉南，恩好愈重。

苏氏所著文词五千余言，属隋季之乱，文字散落，而独锦字回文盛传于世。朕听政之暇，留心《坟典》，散帙之次，偶见斯图。因述若兰之多才，复美连波之悔过，遂制此记，聊以示将来也。大周天册金轮皇帝制。

宋代著名才女朱淑真的父亲曾重金购得《璇玑图》，朱淑真览之，亦深为震撼，因而写文《璇玑图记》记之：

若兰名蕙，姓苏氏，陈留令道质季女也。年十六，归扶风窦滔。滔字连波，仕苻秦为安南将军，以若兰才色之美，甚敬爱之。

滔有宠姬赵阳台，善歌舞，若兰苦加捶楚，由是阳台积恨，谗毁交至，滔大恚愤。时诏滔留镇襄阳，若兰不愿偕行，竟挈阳台之任。若兰悔恨自伤，因织锦字为回文，五彩相宣，莹心眩目，名曰《璇玑图》，亘古以来所未有也。乃命使赍至襄阳，感其妙绝，遂送阳台至关中，具舆从迎若兰于汉南，恩好逾初。其著文字五千余首，世久湮没，独是图犹存。唐则天常序图首，今已鲁鱼莫辨矣。

初，家君宦游浙西，好拾清玩，凡可人意者，虽重购不惜也。一日家君宴郡倅衙，偶于壁间见是图，偿其值，得归遗予。

于是坐卧观究，因悟璇玑之理，试以经纬求之，文果流畅。盖璇玑者，天盘也；经纬者，星辰所行之道也；中留一眼者，天心也。极星不动，盖运转不离一度之中，所谓居其所而斡旋之。处中一方，太微垣也，乃叠字四言诗。其二方，紫微垣也，乃四言回文。二方之外四正，乃五言回文。四维乃四言回文。三方之外四正，乃交首四言诗，其文则不回也。四维乃三言回文。三方之经以至外四经，皆七言回文诗，可周流而读者也。绍定三年春二月望后三日，钱唐幽栖居士朱淑真书。

关于《璇玑织锦诗》的读法，相传初时只有苏蕙夫妻能读，苏蕙曾道“非我佳人，莫之能解”。结果后来，历代都有探新，不断增加诗的首数。宋元年间，有位起宗道人，将全诗分为 7 部，读出 3752 首诗；到了明朝，经史学家康万民专门撰写《璇玑图诗读法》一书，研究出了一套完整的阅读方法，分为正读、反读、起头读、逐步退一字读、倒数逐步退一字读、横读、斜读、四角读、中间辐射读、角读、相向读、相反读等 12 种读法，又得诗 4206 首。共计得诗 7958 首。《诗薮》外编卷四有云：“苏若兰璇玑诗，宛转反复，相生不穷，古今诧为绝唱。”

苏蕙还是一个多产的女诗人。有文记她除《璇玑图》诗文外，还有诗著 5000 多首，可惜都已散佚，未能传世。

这里是几首从《璇玑图》中整理出来的诗：

嗟叹怀，所离经；遐旷路，伤中情；

家无君，房帏清；

华饰容，朗镜明；
葩纷光，珠曜英；多思感，谁为荣？

邵南周风，兴自后妃；卫郑楚樊，厉节中闱；
咏歌长叹，不能奋飞；齐商双发，歌我兖衣；
曜流华观，冶容为谁？情征宫羽，同声相追。

苏作兴感昭恨神，辜罪天离间旧新。
霜冰斋洁志清纯，望谁思想怀所亲！

伤惨怀慕增忧心，堂空惟思咏和音；
藏摧悲声发曲秦，商弦激楚流清琴。

有人评论，《璇玑图》实在是中国文字深奥、古奇、优美与艺术化的最佳诠释。当时的苏蕙被认为让众多所谓的须眉才子黯然失色，可谓是“月明中天，群星失灿”。

后来宋代桑世昌将《璇玑图诗》编入《回文类聚》书中，元代关汉卿创作《苏氏造织锦回文》杂剧，清代洪升亦著有《回文锦传奇》。苏蕙和她的《璇玑图诗》终于不朽。

鲍令晖

是时君不归，春风徒笑妾

鲍令晖，南朝宋著名女诗人，东海（今山东省郯城县）人，是著名文学家鲍照之妹，出身寒门，但才华横溢。《小名录》记载说："鲍照，字明远。妹字令晖，有才思，亚于明远。著《香茗赋集》，行于世。"鲍令晖曾著有《香茗赋集》传世，单听这个集名就知其新颖雅致不凡，但文集今已散佚，只有 7 首诗传世。

鲍照和左思一样，很为自己妹妹的文才而骄傲，但是鲍照自觉不如左思，也认为妹妹文才不及左棻。据钟嵘《诗品》载，鲍照有一次曾对孝武帝刘骏说："臣妹才自亚于左棻，臣才不及太冲尔。"鲍照虽然是自谦，但把妹妹和著名才女左棻相比，可见对妹妹诗才的认可。而实际上，鲍令晖与左棻的文才各有所长，倒也难分高下。《历代名媛诗词》评道："观令晖诸作，其质不及左棻，而文情特胜。"

鲍令晖从小生活在一个贫寒的家庭，鲍照曾道那里"北州衰沦，身地孤贱"，又说"束菜负薪，期与相毕"（《鲍参军集注·拜侍郎上疏》）。

他们一家要靠自己挑柴、捆菜维持生活，而鲍家人丁不兴，只有鲍令晖与鲍照朝夕相伴，所以兄妹之间友爱异常，鲍照曾经在《请假启》中说："天伦同气，实惟一妹。存没永诀，不获计见，封瘗泉壤临送。私怀感恨，情痛兼深。"

鲍照曾写有一篇"超绝笔墨蹊径"的写景散文《登大雷岸与妹书》，这是他26岁时旅途中写给妹妹鲍令晖的家书，细致地向鲍令晖描摹了自己旅途的见闻，真是比日记还详细了，其中蕴含着深厚的兄妹情谊：

吾自发寒雨，全行日少，加秋潦浩汗，山溪猥至，渡溯无边，险径游历，栈石星饭，结荷水宿，旅客贫辛，波路壮阔，始以今日食时，仅及大雷。涂登千里，日逾十晨，严霜惨节，悲风断肌，去亲为客，如何如何！

向因涉顿，凭观川陆；遨神清渚，流睇方曛；东顾五洲之隔，西眺九派之分；窥地门之绝景，望天际之孤云。长图大念，隐心者久矣！

南则积山万状，争气负高，含霞饮景，参差代雄，凌跨长陇，前后相属，带天有匝，横地无穷。东则砥原远隰，亡端靡际。寒蓬夕卷，古树云平。旋风四起，思鸟群归。静听无闻，极视不见。北则陂池潜演，湖脉通连。苎蒿攸积，菰芦所繁。栖波之鸟，水化之虫，智吞愚，强捕小，号噪惊聒，纷乎其中。西则回江永指，长波天合。滔滔何穷，漫漫安竭！创古迄今，舳舻相接。思尽波涛，悲满潭壑。烟归八表，终为野尘，而是注集，长写不测，修灵浩荡，知其何故哉！

西南望庐山，又特惊异，基压江潮，峰与辰汉连接。上常积云霞，雕锦缛。若华夕曜，岩泽气通，传明散彩，赫似绛天。左右青霭，表里紫霄。从岭而上，气尽金光，半山以下，纯为黛色，信可以神居帝郊，镇控湘汉者也。

若潀洞所积，溪壑所射，鼓怒之所豗击，涌澓之所宕涤，则上穷荻浦，下至狶洲,南薄燕辰,北极雷淀,削长埤短,可数百里。其中腾波触天,高浪灌日,吞吐百川,写泄万壑。轻烟不流,华鼎振涾。弱草朱靡,洪涟陇蹙。散涣长惊,电透箭疾。穹溘崩聚,坻飞岭覆。回沫冠山,奔涛空谷。碪石为之摧碎,碕岸为之齑落。仰视大火,俯听波声,愁魄胁息,心惊栗矣!

至于繁化殊育,诡质怪章,则有江鹅、海鸭、鱼鲛、水虎之类,豚首象鼻,芒须、针尾之族,石蟹、土蚌、燕箕、雀蛤之俦,折甲曲牙,逆鳞反舌之属。掩沙涨,被草渚,浴雨排风,吹涝弄翮。

夕景欲沉,晓雾将合,孤鹤寒啸,游鸿远吟,樵苏一叹,舟子再泣。诚足悲忧,不可说也。风吹雷飙,夜戒前路。下弦内外,望达所届。

寒暑难适,汝专自慎。夙夜戒护,勿我为念。恐欲知之,聊书所睹。临涂草蹙,辞意不周。

鲍照将这样一篇文采飞扬的散文写给妹妹,除了体现出对妹妹的深厚感情,也说明对妹妹文才的欣赏与重视。正因为鲍令晖文才出众,文学素养极高,鲍照才会以书信的方式来与妹妹进行生活感悟、文学创作的交流。鲍照对鲍令晖的文学创作影响是巨大的。

鲍令晖的诗以拟古之作为主,钟嵘在《诗品》中说她的诗"往往崭绝清巧,拟古尤胜",充分肯定她作诗的巧思;但又说她"百愿淫矣",这是因为她的诗中多写爱情与相思。"百愿"大概是她的一首诗,如今也已经散佚了。

魏晋时,文人作诗以拟古为时尚,最著名的是陆机的《拟古诗十二首》。鲍令晖也素爱拟古诗。但是她的拟古诗别出心裁,就如钟嵘所说的"崭绝清巧",融入了自己的情感与思想。如这首《拟青青河畔草》:

袅袅临窗竹，蔼蔼垂门桐。灼灼青轩女，泠泠高台中。
明志逸秋霜，玉颜艳春红。人生谁不别，恨君早从戎。
鸣弦惭夜月，绀黛羞春风。

古诗十九首中的《青青河畔草》本是一首思妇之辞，忧思惆怅，苦闷难言。而鲍令晖的《拟青青河畔草》虽然女主人公也是思妇，却显得坚韧豁达，她生得灼灼明艳，住在清雅的竹桐之畔，在月下抚琴抒发情感，虽然思念丈夫，却以"人生谁不别"来开解自己。整首诗透露出一种清新与刚健，表达出对女主人公的美的赞颂。

鲍令晖的《拟客从远方来》也是"文情特胜"，承接原作的意蕴，但比原作更显得清雅优美：

客从远方来，赠我漆鸣琴。木有相思文，弦有别离音。
终身执此调，岁寒不改心。愿作阳春曲，宫商长相寻。

她曾写有一首轻巧的《示行人》（又题《寄行人》）：

桂吐两三枝，兰开四五叶。是时君不归，春风徒笑妾。

秋去春来，桂谢兰开，又是一年春风，而女子等待的那个人，却始终没有归来。春风轻轻吹拂着，仿佛在嘲笑着女子的痴心。这首诗含蓄蕴藉，淡雅秀丽，而余味摇曳不绝。清代王夫之极称道这首诗，在《船山古诗评选》中道："小诗本色，不嫌迫促，'松下问童子'篇，盖从此出。"

除了思妇的形象之外，鲍令晖诗中也有较为鲜明的弃妇形象，如《代葛沙门妻郭小玉诗二首》。郭小玉大概是鲍令晖认识并熟悉的一位女子，她被丈夫抛弃，却痴心不改，决心要用一生来等待他，并且不断地回忆起他对她曾经的好，以支持与安慰自己。鲍令晖十分同情她的遭遇，以她的口吻来写了这两首诗，哀怨动人，其中“妾持一生泪”之句，更是感人肺腑：

明月何皎皎，垂幌照罗茵。若共相思夜，知同忧怨晨。
芳华岂矜貌，霜露不怜人。君非青云逝，飘迹事咸秦。
妾持一生泪，经秋复度春！

君子将徭役，遗我双题锦。临当欲去时，复留相思枕。
题用常著心，枕以忆同寝。行行日已远，转觉心弥甚。

此二诗被人誉为“亦是《子夜》之流”，和民歌《子夜歌》一样清新动人，颇有隽致。

鲍令晖从自己的生活实践中深刻感到男女对于爱情婚姻态度的不同，并因此而感到无奈和痛苦。如她的《古意赠今人》：

寒乡无异服，衣毡代文练。月月望君归，年年不解綖。
荆扬春早和，幽冀犹霜霰。北寒妾已知，南心君不见。
谁为道辛苦，寄情双飞燕。形迫杼煎丝，颜落风催电。
容华一朝尽，惟余心不变。

鲍令晖有一首《题书后寄行人》，这首诗并不像是以思妇口吻写给情郎的，而是更像是写给一位朋友的，有人猜测是写给她远行的哥哥鲍照的，希望哥哥能早日归来。兄妹俩感情非常好，鲍照对她来说亦师亦友：

自君之出矣，临轩不解颜。砧杵夜不发，高门昼常关。
帐中流熠耀，庭前华紫兰。物枯识节异，鸿来知客寒。
游用暮冬尽，除春待君还。

鲍令晖比鲍照逝世要早，去世时不过40多岁的年纪。她的离世，给了鲍照巨大的打击。当时鲍照正在病中，得知妹妹去世，如遭雷击，“天伦同气，实惟一妹”，“凄怆伤心，悲如之何”。于是，鲍照写下了悼念妹妹的《伤逝赋》，字字催人泪下：

晨登南山，望美中阿。露团秋槿，风卷寒萝。凄怆伤心，悲如之何！尽若穷烟，离若翦弦。如影灭地，犹星殒天。弃华宇于明世，闭金扃于下泉。永山河以自毕，眇千龄而弗旋。思一言于向时，邈众代于古年。逝稍远而变体，浸幽明而改时。览篇迹之如旦，婉遗意而在兹。忽若谓其不然，自惆怅而惊疑。循堂庑而下降，历帏户而升基。服委襟而褫带，器蒙管而韬丝。志存业而遗绩，身先物而长辞。岂重欢而可觏，追前感之无期。寒往暑来而不穷，哀极乐反而有终。燧已迁而礼革，月既逾而庆通。心微微而就远，迹离离而绝容。白日霾而回阴，闺馆寂而深重。冀凭灵于前物，伫美目乎房栊。徒望思以永久，邈归来其何从？结单心于暮条，掩行泪于晨风。念沉悼而谁剧？独婴哀于逝躬。草忌霜而逼秋，人恶老而逼衰。诚衰耄之可忌，或甘愿而志违。彼一息之短景，乃累恨之长晖。寻平生之好丑，成黄尘之是非。将灭邪而尚在，何有去而无归？惟桃李之零落，生有促而非夭。观龟鹄之千祀，年能富而情少。反灵质于二途，乱感悦于双抱。日月飘而不留，命倏忽而谁保？譬明隙之在梁，如风露之停草。发迎忧而送华，貌先悴而收藻。共甘苦其几人？曾无得而偕老。拂埃琴而抽思，启陈书而遐讨。自古来而有之，夫何怨乎天道。

弃置将已矣，谁怜微薄躯

韩兰英

韩兰英，南朝齐著名才女，是当时与鲍令晖齐名的女诗人，吴郡（今江苏省苏州市）人。有文辞。关于她的记载非常简略，而她的作品基本都已散佚，只留下了一首诗。

她的传记附在《南齐书·武穆裴皇后传》中。《南齐书》云："吴郡韩兰英，妇人有文辞。宋孝武世，献《中兴赋》，被赏入宫。宋明帝世，用为宫中职僚。世祖以为博士，教六宫书学，以其年老多识，呼为韩公。"韩兰英著有《后宫司仪韩兰英集》4 卷，惜已佚。南朝宋钟嵘赞云："兰英绮密，甚有名篇。"

韩兰英从小醉心诗书，是一位奇女子。她并不希望自己一生就如普通女子一般相夫教子，庸庸碌碌，而是希望能有不平凡的际遇。她不仅有才华，而且有胆识。宋孝武帝在位期间，韩兰英写了一篇洋洋洒洒的《中兴赋》献给孝武帝。孝武帝览之大悦，因而她获得赏识并进入宫中。

她存了和班昭、宋若莘一样的心思，要将一生的时光都付诸诗书之中，因此进入宫中，手不释卷，与文字为伴，一生未嫁。

孝武帝驾崩后，南朝宋在宋顺帝禅位权臣萧道成后灭亡，萧道成登基并建立南朝齐，萧道成死后，嫡长子继位，是为齐武帝。几朝皇帝更替，而韩兰英仍在宫中供职。她虽然已经年迈，却仍然耳聪目明，思维敏捷。随着年龄的增长，她的学识愈发精进，受到皇帝和后宫妃嫔的欣赏与尊重。

后来韩兰英被任命为博士，教导后宫。博士在古代是官名，在秦汉时是掌管书籍文典、通晓史事的官职，后来成为学术上专通一经或精通一艺、从事教授生徒的官职。据梁元帝《金楼子·箴戒篇》记载，齐郁林王当初欲废明帝，其文则出自女博士韩兰英之手。又因韩兰英见多识广，因而被称为“韩公”。也就是相当于现代用“先生”去称呼女性师长，蕴含着十分敬重之意。

韩兰英工于文词，学识渊博，但她并不是班昭、宋若莘那样不苟言笑的端庄严肃的女子，而是生动活泼、善谈笑的女子。

据《金楼子》记载，当时有一位姓颜的女子，由于丈夫嗜酒，生活十分悲惨。父母得知后，心中不舍，于是把她带回了娘家。后来这姓颜的女子入宫就职，与韩兰英共事。韩兰英得知她的遭遇，心中甚是怜惜。

一个春夜，宫廷里轻歌曼舞，皇帝乘着酒兴，命韩兰英为颜氏作诗。韩兰英奉诏，即席赋诗一首：

丝竹犹在御，愁人独向隅。弃置将已矣，谁怜微薄躯？

诗中对颜氏充满了同情，同时她由人及己，也在感叹自己的命运。

她独自一人在后宫里，虽然无牵无挂，但也无依无靠，谁又来怜惜自己呢？虽然与书相伴到老是自己的意愿，但是夜深人静之时，那份孤独，实在是悲凉难耐。

皇帝看了这首诗之后，也大为感动，于是同意颜氏回到父母身边，让她安享天伦。

浣纱女

嬉罢自还潭，水深无处觅

《括苍志》记载有晋代大诗人谢灵运在鹤乡与两位浣纱女对答的诗。这两位浣纱女的姓名，自然也不可考，只是她们随口答出的诗歌清新秀美，充满山野灵气，让大诗人记录下来了。这也成为了最早所见以唱答形式表现的对歌史料。

谢灵运是著名的山水诗人，他年少好学，博览群书，喜好游山玩水。他出任永嘉太守之后，一直肆意遨游，尽览山水之美，写下不少佳作，成为南朝开创山水诗的一代文宗。他在写诗时注意吸收民歌的营养，如《东阳溪中赠答》是谢灵运学习民歌而写成的。诗共两首，一唱一和。第一首是男子所唱，第二首是女子所作。这两首歌吸取了民歌精华，毫不忸怩做作：

可怜谁家妇，缘流洗素足。明月在云间，迢迢不可得。

这是谁家可爱的姑娘，正在溪流间清洗着秀美的素足。她那样美丽，好像是云间的皎皎明月，相隔迢迢，可望而不可即。

那姑娘容貌如何，诗中并未提及，只刻画了她的纤足之美。《诗经·猗嗟》中有“美目扬兮，巧趋跄兮”，将美目与素足相提并论。而六朝乐府《双行缠》云：“新罗绣行缠，足趺如春妍；他人不言好，我独知可怜。”南朝宋代《读曲歌》这样写道：“揽裳踱，跣把丝织履，故交白足露。”后来李白也一再在诗中写道：“屐上足如霜，不着鸦头袜”，“一双金齿屐，两足白如霜”。

谢灵运开口盛赞那河边女子，河边女子自然也回之以赞美：

可怜谁家郎，缘流乘素舸。但问情若为，月就云中堕。

这是谁家英俊的男子啊，正乘着白色的小船顺着溪流而下，若要问我对他感觉如何，就像月亮从云间落下一样。因为心悦之，所以，愿意收敛了自己的光芒，只是宁静而立，口角含笑，满心欢喜。

《括苍志》上则记载了谢灵运与鹤乡两位浣纱女的对唱歌儿。这次谢灵运一开口便满是诙谐的情意：

我是谢康乐，一箭射双鹤。试问浣纱女，箭从何处落？

两位浣纱女正忙着浣纱，累得香汗淋漓，也就没理他。谢灵运不由得同情起来，又吟道：

浣纱谁氏女，香汗湿新雨。对人默无言，何自甘辛苦？

浣纱女扬起青春洋溢的脸,笑着唱了一首具有野性与灵气的诗,以潭中鲫鱼自比,委婉地拒绝了大诗人的殷勤:

我本潭中鲫,偶出滩头嬉。嬉罢自还潭,水深无处觅。

这样的民间才女,在魏晋时定不在少数,可惜她们的作品也只有只言片字传了下来。

刘令娴

风吹桃李气，过传春鸟声

刘令娴，南朝梁代女诗人。出身官宦之家，徐悱之妻，彭城（今江苏省徐州市）人。刘令娴的诗多写闺怨，现存诗 8 首。

刘令娴是文学家刘孝绰第三妹，因此世称刘三娘。刘孝绰本人是一位有“神童”之誉的才子，7 岁便能成文，历官至尚书水部郎，其辞藻为后进所宗，他每作一篇诗文，便被竞相传诵，抄传绝域。刘孝绰兄弟及群从子侄，当时有 70 人，全都能文，可谓一门风雅。这个家族出来的女性，几乎也都是才女。

刘孝绰有三个妹妹，都有才学，且具才名。大妹嫁琅琊人王叔英；二妹嫁吴郡人张嵊。王叔英妻，世称刘大娘，当时也有文集行世，与刘令娴齐名的诗作今存 3 首。刘二娘张嵊妻的作品已不能考。流传作品最多、名气最大的还是刘三娘刘令娴。

刘令娴“文尤清拔”。《名媛汇诗》中记载有一个小故事：孝绰罢官不出，为诗题于门曰：“闭门罢庆吊，高卧谢公卿。”令娴续云：“落花扫仍合，聚兰摘复生。”正契合哥哥之心意，且语句凝练清丽，可见她家学渊源，才学过人。

刘令娴曾作过一首《听百舌》，应该是少女时期的作品，清灵活泼，描摹的是一位少女在春日清晨梳妆时的心境和感受：

庭树旦新晴，临镜出雕楹。风吹桃李气，过传春鸟声。
净写山阳笛，全作洛滨笙。注意欢留听，误令妆不成。

庭院里一派初春的清新，少女对镜梳妆，镜子里出现了庭堂的雕楹。春风吹来桃花、李花的香气，窗外传来百舌的鸣声。百舌是一种鸣声宛转的鸟儿，鸣叫起来的时候如百鸟之音，因而动听。尔后刘令娴用“山阳笛”和“洛滨笙”两个典故来形容百舌声音之动听。正因为那鸣声太悦耳，少女呆呆地听着，以至于耽误了梳妆。这首诗十分生动，用典自然，充满青春气息。

刘令娴嫁人之后，她的丈夫徐悱常常宦游在外。于是夫妇二人常常寄诗赠答，在诗中互诉相思之意。

徐悱有一次来到南方，因为想念妻子而登上阁楼，看到迎着日光开放的鲜妍桃花，忍不住想起了面若桃花的妻子，然而楼中并无妻子的倩影，于是思念更浓，他写下两首《赠内》，随着一封书信，寄给了妻子：

相思上北阁，徙倚望东家。忽有当轩树，兼含映日花。
方鲜类红粉，比素若铅华。更使增心忆，弥令想狭邪。
无如一路阻，脉脉似云霞。严城不可越，言折代疏麻。

日暮想青阳，蹑履出椒房。网虫生锦荐，游尘掩玉床。
不见可怜影，空余黼帐香。彼美情多乐，挟瑟坐高堂。
岂忘离忧者？向隅独心伤。聊因一书札，以代回九肠。

刘令娴收到丈夫的书信和诗之后，非常欣喜和感动。她随即轻舒皓腕，笔蘸浓墨，也回赠了丈夫两首《答外诗》，这也是她作品中最著名的两首：

东家挺奇丽，南国擅容辉。夜月方神女，朝霞喻洛妃。
还看镜中色，比艳似知非。摛词徒妙好，连类顿乖违。
智夫虽已丽，倾城未敢希。

花庭丽景斜，兰牖轻风度。落日更新妆，开帘对春树。
鸣鹂叶中响，戏蝶花间骛。调瑟本要欢，心愁不成趣。
良会诚非远，佳期今不遇。欲知幽怨多，春闺深且暮。

在诗中，刘令娴想象着丈夫笔下的桃树灼灼其华，如同月下神女，又如同霞中洛神，而再看看镜中自己，觉得并不如桃花美艳，是丈夫爱着自己，因此在他眼中，妻子也有了倾城的美丽。她对此满怀喜悦，也充满感激。同时她也柔情蜜意地倾诉了自己对丈夫的思念，希望能早日与丈夫相聚。

《诗品·序》中这样描绘当时的文学风气："至使膏腴子弟，耻文不逮，终朝点缀，分夜呻吟。"刘令娴擅长写情诗，因为受南朝民歌影响的缘故，写得十分风流大胆。她有一首诗，写的是寺中和尚与少女眉目传情的故事，语言却是清新秀致，诗名《光宅寺》：

长廊欣目送，广殿悦逢迎。何当曲房里，幽隐无人声。

她有一位叫作谢娘的好朋友，她曾经摘了一对栀子花送给谢娘作为礼物，并作下《摘同心栀子赠谢娘因附此诗》：

两叶虽为赠，交情永未因。同心何处恨，栀子最关人。

她还有一位好朋友姓唐，她称之为"唐娘"，曾作有《答唐娘七夕所穿针》称赞唐娘：

倡人助汉女，靓妆临月华。连针学并蒂，萦缕作开花。
孀闺绝绮罗，揽赠自伤嗟。虽言未相识，闻道出良家。
曾停霍君骑，经过柳惠车。无由一共语，暂看日升霞。

她同情汉代才女班婕妤的遭遇，写有一首《和婕妤怨》：

日落应门闭，愁思百端生。况复昭阳近，风传歌吹声。
宠移终不恨，谗枉太无情。只言争分理，非妒舞腰轻。

虽然夫妻恩爱，但是好景不长。徐悱不幸早逝，留下刘令娴孤苦伶仃。她痛彻心扉，作下《祭夫文》一文，"辞甚凄怆"，颇为人们所称道：

维梁大同五年，新妇谨荐少牢于徐府君之灵曰：
惟君德爰礼智，才兼文雅，学比山成，辨同河泻。明经擢秀，光朝振野。调逸许中，声高洛下。含潘度陆，超终迈贾。二仪既肇，判合始分。简贤依德，乃隶夫君。外治徒奉，内佐无闻。幸移蓬性，颇习兰薰。式传琴瑟，相酬典坟。辅仁难验，神情易促。雹碎春红，霜雕夏绿。躬奉正衾，亲观启足。一见无期，百身何赎。呜呼哀哉！生死虽殊，情亲犹一。敢遵先好，手调姜橘。素俎空乾，奠觞徒溢。昔奉齐眉，异于今日。从军暂别，且思楼中；薄游未反，尚比飞蓬；如当此诀，永痛无穷。百年何几？泉穴方同。

徐悱的父亲徐勉本来想给儿子作哀词，见到此文，自叹不如，于是搁笔。"舅勉本欲为哀文，既见令娴文，遂搁笔。"

在徐悱死后，刘令娴思念不已，作下一首《题甘蕉叶示人》：

夕泣已非疏，梦啼太真数。唯当夜枕知，过此无人觉。

有一日她在梦中见到丈夫，醒来后又作下一首《梦见故人》：

觉罢方知恨，人心定不同。谁能对兰枕，长夜一边空。

这些都是直抒胸臆、毫不矫揉造作的真情之作，令人读之不禁凄然。

刘令娴的才华令当时的文士们惊诧赞赏不已。萧韶称："刘孝绰诸妹文彩艳质，甚于神人。"

刘大娘

看梅复看柳，泪满春风中

刘大娘，南朝梁人，名不详，生卒年不详，彭城（今江苏省徐州市）人，梁代文学家刘孝绰的大妹妹，有才学，工诗。后嫁给琅琊王叔英为妻，世称刘大娘。

她也是个锦口绣心的女子，与妹妹刘令娴齐名，不过她的闺名并没有像妹妹刘令娴一般流传下来，她的文集也早已散佚。如今刘大娘留存的作品只有《昭君怨》《赠夫》《暮寒》3 首，无不辞简意深。

刘大娘和妹妹一样，在闺中之时，也是个细腻敏锐、清灵活泼的少女。她曾写有一首娇俏的《暮寒》：

梅花自烂漫，百舌早迎春。逾寒衣逾薄，未肯惜腰身。

早春时期，乍暖还寒。梅花已经烂漫一片，百舌鸟儿也已经清脆地啼叫着迎接春天的到来。而那些盼着春光的少女们，则是早早换上了轻盈的春装,天气越冷衣裳还越单薄,只顾爱美,一点都不顾惜自己的身子。虽然料峭春寒,但因为这早梅、这百舌以及少女们轻薄鲜妍的春装,人们便觉得春光盎然了。写法可谓别出心裁,巧妙至极。

她显然也极爱诗书,通古博今,曾作下一首别出心裁的《昭君怨》:

一生竟何定,万事良难保。丹青失旧仪,匣玉成秋草。
相接辞关泪,至今犹未燥。汉使汝南还,殷勤为人道。

关于昭君出塞的文学作品,可谓是数不胜数,更多的是颂扬昭君和亲的功德,刘大娘却从女性的角度,满心悲悯地表达了对王昭君的同情和赞美。诗的开头便感叹人生与命运的无常,只因为一支画笔,便使得汉宫里美玉一般的女子成为了塞外野草一般坚韧的妇人。她远离家乡,必定内心痛苦,泪不曾干。然而在那塞外,王昭君的故事徐徐展开,充满传奇色彩。出使匈奴的使者回到大汉,都会忙不迭地把王昭君的故事,骄傲地讲给人听。这首诗的写作手法虚实结合,简练生动。

刘氏三姐妹出身书香门第,丈夫也都是高门大户家的才子,因此婚姻都很幸福。刘大娘与丈夫也是鹣鲽情深。古代男子经常在外远游,或求取功名,或游山玩水,女子深居闺中,不免心中想念。刘大娘也是如此。她曾在春日中写下了一首优美的《赠夫》:

妆铅点黛拂轻红,鸣环动佩出房栊。
看梅复看柳,泪满春风中。

诗中的少妇首先是被春风吹得欢喜,于是喜滋滋地涂脂抹粉,细细描眉，还戴上了精致的首饰，以至于出房门的时候，只听到叮叮当当的声音。早春的景色自然非常美，梅花轻绽，柳梢青青。但看着看着，少妇不由得觉得孤单起来，如此良辰美景，却只有一个人静静欣赏。那本该在身边的人呢？相思之情涌上心头，少妇禁不住流下泪来。诗中主人公的情感出现了强烈反差，前后形成鲜明对比，感染力极强，可谓是构思巧妙，对比鲜明。

刘大娘的生平已不可考，拥有这样灵动的诗心，俏皮又敏锐之女子，生活中一定会发生很多有趣的故事，吟出许多雅致的诗句，可惜现在都已经不得而知了。

苏小小

何处结同心？西泠松柏下

苏小小，南朝齐时期著名歌伎，有才情，善作诗，可惜 19 岁就咯血而死。有一首诗传世。苏小小的故事最早出现于《玉台新咏》，《乐府广题》也有相关记载。

苏小小不仅生得冰肌玉骨、秀色动人，且从小喜爱读书，工于诗词。苏小小幼年时父母双亡，她只得寄住在钱塘西泠桥畔的姨母家。她特别喜欢西湖山水，经常乘油壁车出游。

一日，苏小小乘油壁车游春归来，断桥弯角处迎面遇着一人骑马过来，马上是一位少年郎君。少年郎名叫阮郁，是当朝宰相阮道之子，奉命到浙东办事。

车中秀美红颜，马上翩翩少年，又逢春光正好，杏花吹满头，无意中邂逅，嫣然微笑，就此一见钟情。

此后一连几天，小小和阮郁都在断桥相会。一个驱车，一个骑马，在湖边缓缓而游。来到西泠桥头后，苏小小眼望情郎，心中甜美，吟诗一首：

妾乘油壁车，郎骑青骢马。何处结同心？西泠松柏下。

虽然寻常话语，却情意真挚，道尽了青年恋人相知相恋的欢喜。在诗中，小小把女子与男子的定情之地放在西泠松柏下，暗喻两人的情意如同松柏一般万古长青，这是她心中美好的愿望，可惜现实并非如此。

阮郁的父亲阮道强烈反对，不允许儿子娶小小为妻，并设计将儿子骗回家中，为他另择名门闺秀成婚。

苏小小从此仿佛没有遇到过阮郁一般，继续热热闹闹地过着自己的生活，与众多名人以诗文相交，赢得盛名。她也慷慨解囊，资助贫困书生上京赴试。鲍仁就是受她资助的一位书生。后来鲍仁应试登第、金榜题名，出任滑州刺史，对她一直充满了感激。

后苏小小偶得风寒，却一直不见好。她心中郁结难解，造成病情越来越严重，也有另一说是苏小小受人陷害入狱，身染重病。她最终在一个春天含恨病逝，死时才 19 岁。临终前，她向身边侍候的人嘱咐道："生在西泠，死在西泠，葬在西泠，不负一生爱好山水。"

鲍仁后来遵照苏小小"埋骨西泠"的遗愿，出资在西泠桥畔择地造墓，葬了苏小小。他在她墓前立了一石碑，上题"钱塘苏小小之墓"。有诗云："湖山此地曾埋玉，花月其人可铸金。"

传说苏小小葬于西泠桥畔后，一缕香魂，常常于夜间出没于花树之中。李绅《真娘墓诗序》中道："嘉兴县前有吴妓人苏小小墓，风雨之夕，或闻其上有歌吹之音。"

唐代诗人李贺同情苏小小，写下了一首《苏小小墓》，凄冷而绝美：

幽兰露，如啼眼。无物结同心，烟花不堪剪。
草如茵，松如盖。风为裳，水为佩。
油壁车，久相待。冷翠烛，劳光彩。
西陵下，风吹雨。

李贺以一颗真诚的心来感受她的骄傲与梦想，写下了这首《苏小小墓》，被许多后世文人誉为写苏小小最为出色的作品。他还写过“钱塘苏小小，更值一年秋”的诗句。

唐代白居易也把自己写成苏小小的钦仰者：“若解多情寻小小，绿杨深处是苏家”，“苏家小女旧知名，杨柳风前别有情”。清代袁枚也镌一小章曰“钱塘苏小是乡亲”。清代袁宏道作有《西陵桥》：

西陵桥，水长生。松叶细如针，不肯结罗带。
莺如衫，燕如钗，油壁车，斫为柴。
青骢马，自西来。昨日树头花，今朝陌上土。
恨血与啼魂，一半逐风雨。

清代朱彝尊作有《苏小小墓》：

小溪澄，小桥横，小小坟前松柏声。
碧云停，碧云停，凝想往时，香车油壁轻。
溪流飞遍红襟鸟，桥头生遍红心草。
雨初晴，雨初晴，寒食落花，青骢不忍行。

谢氏女

得络逐胜去，颇忆缠绵时

谢氏，南朝齐国人，丈夫王肃出身于晋代至南朝第一高门琅琊王氏。她以一篇《贻王肃书》及一首诗在文学史上留下了属于她的一席之地。

但谢氏的命运显然是悲惨的。她的身份是一名弃妇，也是后来民间戏曲人物秦香莲的原型。她丈夫王肃的父亲王奂在南朝齐国尚书省任职，王肃本人也在南齐朝廷做官，负责管理典籍。她本身也是谢安的后人，父亲是文学家谢庄。两家称得上是门当户对。

新婚之时，她和王肃两情相悦、颇为恩爱。如果这样一直过下去，也算得上俗世里一对平淡但美满的夫妇，然而就在永明十一年(493)，她一生的命运，发生了巨大变化。

就是在这一年里，谢氏的公公王奂被卷入内战，并在兵变中惨遭斩杀，累及几个儿子都被诛杀，只有王肃一人得以幸免。王肃也只能忍痛抛下妻儿，扮作僧人仓皇北上，投奔北魏，以逃避追杀。谢氏便独自带着孩子守在家中，等待着丈夫的归来。

王肃在当时颇有名气，王家又是显赫的士大夫家族，因此北魏孝文帝听说王肃前来投奔，非常重视，还亲自接见他，询问缘故。得知他的遭遇后，孝文帝也深表同情。

交谈之后，孝文帝认为王肃是位拥有安邦治国才能的人，便破格起用并提拔他，任命他为尚书令，辅佐自己改革典章制度。后来王肃还参与南伐萧齐，出任豫州刺史、扬州大中正，一路加官晋爵。

在北魏待了7年后，王肃也已经37岁了。他一直念及留在南方的妻儿，只是苦于没有机会回去。北魏孝文帝器重王肃，见他长期独身一人，便做主将自己的妹妹陈留长公主嫁给了他。王肃无法拒绝，心中又认为也许此生与妻子无法再见面，只得点头答应，并娶公主过门。从此他就成为了北朝驸马。

只是命运弄人，王肃与陈留长公主成婚后不久，谢氏难以按捺心中对丈夫的思念，带着儿女，跋山涉水，吃了无数苦头，经历了千辛万苦，一路找来北魏，终于找到了他。只是没想到，她曾经深爱过的丈夫，已经成为了别人的枕边人。这给了她沉重的打击。

谢氏毕竟是个才女，她并没有呼天抢地，也没有怨天尤人，而是铺展书墨，含泪写了一封信，这便是《贻王肃书》，写得如泣如诉：

妾以陋姿，获侍巾栉。结缡之后，心协琴瑟。每从刺绣之余，闻及诗歌之事，煮凤嘴以联吟，燕龙涎以吊古。当此之时，君怀金石之贞，妾慕松筠之节。虽菡萏之并蒂、比翼之双飞，未足方其情谊也。

顷缘谗隙之生，远适异国。犹忆临歧分袂，言与涕零；亲戚送者，皆为感叹：呜呼！岁月易迁，山川间隔。君留蓟北，妾在江南。鸿帛杳然，鱼书不至。言念及此，未尝不顾影徘徊，泣数行下也。迩年以来，益复情怀恍惚，镜台寂寞。披览往牒，见画眉之胜事，则膏沐无光，想举案之休风，则珍羞不旨。阅未终篇，废书长想。春花空艳，秋月徒圆。子规时助其哀，寒蛩亦增其戚。秦嘉徐淑，岂伊异人。妾之薄命，一至于斯！

前者北使至南，闻君爵列尚书，联姻帝室。夫尚书为喉舌之司，典领枢机，参赞庶务，银章紫绶，妮耀一时。况以萧史之才名，配弄玉之芳姿。或携手于花前，或弹琴于月下。回视牛衣对泣之日，不啻人间天上。独可叹者：既有丝麻，遂弃营蒯。糟糠之妻，白首饮恨。使宋宏高义，专美千秋。妾独何心，能不悲哉！

呜呼已矣！衰秋蒲柳，倍加憔悴，昔日缠绵，总成幻影。感连理之分枝，悼盛衰之变态。晨钟一叩，万境皆空。自兹而往，妾惟绣佛长斋，参稽三乘。借菩提之杨枝，洗铅华之繁艳。岂更盼鹭鹕于水中，望鸳鸯于塘上乎！但念机上之丝，本为箔上之蚕，虽云得络，讵属无情？况修途困顿，达人所怜。不敢望窦滔之迎，庶少鉴若兰之志。得假片刻，以罄鄙怀，妾之愿也，惟君图之。

在信中，谢氏先是回忆了当初夫妻俩的恩爱之意，又叙述了离别后的相思之情，然后表达了对丈夫喜新厌旧、另娶妻子之行为的责备之意，但是她也明白丈夫处境艰难，无可奈何，因此便委婉地提出二女共侍一夫的请求。她不求名分，只求能守在丈夫身边，一家团聚。

谢氏还随信附了一首缠绵哀戚的五言诗给王肃，诗中巧用双关语，“丝”者，“思”也，“络”者，“路”也。她在诗中也表明了自己希望丈夫不忘旧情的愿望：

本为箔上蚕，今作机上丝。得络逐胜去，颇忆缠绵时。

王肃收到书信与诗，心中愧疚，五内俱焚。他固然是想迎回曾经深爱的妻子，但他娶的毕竟是公主，婚姻之事自己做不了主，无奈至极。陈留长公主得知之后，不愿和谢氏分享丈夫，便以王肃的名义写了首诗回复给谢氏，用针线能缝新衣、不恋旧服相比，断然拒绝了谢氏的请求：

针是贯线物，目中恒任丝。得帛缝新去，何能衲故时。

王肃对妻子怜悯痛惜，但身不由己，只好在自己居住的洛阳城里出资修了一座正觉寺，将谢氏安置其中，让她能够安度余生。

这也是他为她能做的最后一件事了。一年后，王肃出征，上了对梁作战的东南前线。征途劳累，他又时时愧疚，内心极为痛苦，于是病倒了。这年八月，他病逝了，死时才 38 岁。

谢氏从此便长住在正觉寺中，一边抚养儿女，一边伴着青灯古佛静静度日。

沈满愿

轻鬟学浮云，双蛾拟初月

沈满愿，南朝梁人，她是著名文学家沈约的孙女，长大后嫁给征西记室范靖（一作范静）为妻。满愿有乃祖之风，善作诗，《两唐书志》说她有文集5卷（《隋书志》作3卷），但已散佚。现存诗11首。

沈家也是一门风雅，沈约博通群籍，曾聚书两万卷，京师之中无人能比，宋齐间任尚书度支郎、国子祭酒等职，历经三朝，文名远播。他首创“四声”之说，曾与谢朓等人开创“永明体”，讲究声律对仗，推动诗歌走向格律化。沈约的儿子沈旋、沈趋都是当时著名的文士，且有作品传世。沈约的孙子沈众也才华横溢，他曾为梁武帝萧衍所作的《千字诗》作注解，受到梁武帝的称赞与肯定：“卿文体翩翩，可谓无忝尔祖。”

在满室书香熏陶中长大的沈满愿自然是才女一枚。陆昶《历代名媛诗词》评论：“范靖妻长于诗，所著甚富，词气挥洒，不为笔所拘局。譬如弹弦时起高调急响，而复以疏宕解之，亦能乎也。”

沈满愿与范靖成婚后，两人非常恩爱。他们常常一同坐在后园观赏翠池，又上洗心亭，共索笔砚作诗对歌。沈满愿才思敏捷，出口成章，让丈夫自叹不如。此时她作下的诗歌之中，就有一首《映水曲》：

轻鬟学浮云，双蛾拟初月。水澄正落钗，萍开理垂发。

这首诗描写女子临水梳妆的美态，有静态的描写，也有动态的描写，十分曼妙清新。诗中的女子鬟发如轻云，蛾眉如新月，她对着澄清的水面轻轻向发中插入宝钗，水中白蘋散开，正好让她垂头梳理散开的乌发。

范靖对这首诗称赏不已，并对其中所展现的才思感到十分惊异，于是对妻子越发爱慕欣赏。

沈满愿有一张宝琴，蛇腹断纹，名曰“深松候月”。沈满愿特别喜欢这张琴，时常抚琴为乐，边歌边弹。她曾经写下一首《挟琴歌》：

逶迤起尘唱，宛转绕梁声。调弦可以进，蛾眉画不成。

诗中的女子在琴声中歌唱，那清亮高亢的歌声震起了阵阵灰尘，绕梁不散。她的琴艺并不高明，但是时时调弦，以求进益。因为沉醉于弹琴与歌唱，她甚至耽误了描眉化妆，却并不以为意。这说明，作为才女的沈满愿认为才华比容貌更为重要。

沈满愿对身边的一切事物都有着审美的愉悦，特别会关注到一些细微的美好事物，因此她的咏物诗不少。

她有一支极精致的步摇，镶有珍珠翡翠做成的花儿，叶上还嵌着金片点点，因太过逼真，看起来像是真正的花草一般，不像手工制成的，她十分喜爱这支步摇，常常把它插入云鬓之中，还特意写了一首《咏步摇花》：

珠华萦翡翠，宝叶间金琼。剪荷不似制，为花如自生。
低枝拂绣领，微步动瑶瑛。但令云髻插，蛾眉本易成。

沈满愿还写下一首《竹火笼诗》，明里是写竹火笼，实际上是以诗讽世之以富贵改节者，写得含蓄蕴藉：

剖出楚山筠，织成湘水纹。寒消九微火，香传百和熏。
氤氲拥翠被，出入随缃裙。徒悲今丽质，岂念昔凌云。

明人杨慎《升庵诗话补遗》认为："'徒悲''岂念'四字尤见其意上薄风雅，下掩唐人矣。宋人称李易安'所以嵇中散，至死薄殷周'之句以为妇女有此大议论，然太浅露，比之沈氏此诗，当在门墙之外矣。"

她也有气势雄浑的《登楼曲》，虽然是写相思，却言语清新、意境宏大，有唐人之风，令人胸怀为之一畅：

凭高川陆近，望远阡陌多。相思隔重岭，相忆限长河。

沈满愿博览群书，对历史上的昭君出塞也有着自己的见解，曾写下《王昭君叹》二首：

早信丹青巧，重货洛阳师。千金买蝉鬓，百万写蛾眉。

今朝犹汉地，明旦入胡关。高堂歌吹远，游子梦中还。

因为夫妻恩爱，所以丈夫每次远行之时，沈满愿都觉得格外难过，她有一首《晨风行》，就是写她与丈夫分离时的心情：

理楫令舟人，停舻息旅薄河津。念君劬劳冒风尘，临路挥袂泪沾巾。飙流劲润逝若飞，山高帆急绝音徽。留子句句独言归，中心茕茕将依谁。风弥叶落永难索，神往形返情错漠。循带易缓愁难却，心之忧矣颇销铄。

包明月

当曙与未曙，百鸟啼窗前

包明月，南朝梁人，她是位擅长作曲的宫人，但现今只有一首《前溪歌》传世。《古今乐录》指出：“内人包明月制舞《前溪》一曲。”

前溪是地名，在今浙江德清县，南朝时舞乐多出于此。这首《前溪歌》的民歌特色也十分突出，直抒胸臆，并未用到任何典故，感染力却极强：

当曙与未曙，百鸟啼窗前。
独眠抱被叹，忆我怀中侬，单情何时双？

这首诗说的是，当天将亮未亮之时，有许多鸟儿在窗前鸣叫。然而女子一宿独眠，翻来覆去，难以成梦，这时已经被鸟鸣声叫醒了。她坐了起来，抱着被子轻轻叹息，想起了与情人相依相偎时的浓情蜜意，相思之情悠悠浮上心头。她在心里默默说道：“不知道什么时候，才能与情人双宿双飞，结束这孤独难耐的生活呢？”

这首诗大胆直率却又温情缱绻，宛若清秋时水中的草儿，柔婉而又有韧性，充满灵气。

可惜的是包明月没有留下任何关于她生平的记录，她的诗也只有这么一首留存于世，她的心事，她的故事，都已经成了谜。

《前溪歌》的曲调在当时流行一时，现在还有 7 首以《前溪歌》为名的民歌流传于世，语言明快热烈，但是感染力与传播度都不如包明月这首。

王金珠

游女不可求，谁能识得音

王金珠，南朝梁人，生卒年不详。据宋代郭茂倩所编《乐府诗集》所引《古今乐录》称，梁代流行的“吴声十曲”中，除《子夜》《上柱》《凤将雏》3 曲是汉代流传下来的，《前溪》是梁宫人包明月所作之外，其余 6 曲——《上声》《欢闻》《欢闻变歌》《阿子歌》《丁督护歌》《团扇郎》都是王金珠所制，足见她是个很有灵气的才女。

王金珠的生平已经不可考，现在留存的诗有 14 首。这 14 首诗里，就有 8 首《子夜四时歌》，似乎王金珠很喜欢《子夜歌》的娇柔宛转，清新流丽，因此对此情有独钟，而她所作之诗亦深得《子夜歌》的神韵。王金珠所作的《子夜四时歌》中，有《春歌》3 首：

朱日光素水，黄华映白雪。折梅待佳人，共迎阳春月。

阶上香入怀，庭中花照眼。春心郁如此，情来不可限。

吹漏不可停，断弦当更续。俱作双思引，共奏同心曲。

在这 3 首《春歌》之中，第一首是写早春，红日素水，黄花白雪，颜色鲜艳至极，而女子轻轻折下一枝红梅，等待着心上人，也等待着温煦的阳春。第二首是写阳春时节，芬芳满怀，鲜花耀眼，春心萌动，柔情无限。第三首则是写着吹漏了管乐也不愿停止，弹断了琴弦也更替了再继续。管弦都作着思念的曲引，一起奏响两人同心的曲子。

王金珠有《夏歌》二首：

玉盘贮朱李，金杯盛白酒。本欲持自亲，复恐不甘口。

垂帘倦烦热，卷幌乘清阴。风吹合欢帐，直动相思琴。

《夏歌》写得甚为旖旎，以白玉盘放置红色的李子，用金杯子盛上澄澈的白酒，垂下帘子又觉得闷热，于是卷起遮幔来感受清凉的风。风吹着合欢帐，也吹着相思琴的琴弦。

王金珠有《秋歌》二首，颜色明丽，风格也是香艳的：

叠素兰房中，劳情桂杵侧。朱颜润红粉，香汗光玉色。

紫茎垂玉露，绿叶落金樱。着锦如言重，衣罗始觉轻。

她还写有《冬歌》一首：

寒闺周黼帐，锦衣连理文。怀情入夜月，含笑出朝云。

她曾作下一首《阿子歌》，写的是两只野鸭在田头飞起飞落，饿了便吃田里的草，渴了便喝清澈的河水。它们逍遥自在，比翼双飞。她这首诗表达了对双宿双飞、简单纯净的爱情之向往：

可怜双飞凫，飞集野田头。饥食野田草，渴饮清河流。

但王金珠并不是那种一味沉溺于爱情不可自拔的女子，她虽然向往真挚深沉的男女之爱，却对爱情有着独到清醒的认识。她认为男女之间如果不能心意相通，那么便无法真正走到一起。《诗经》有云："汉有游女，不可求思。"但她以为是男子无法理解女子，因此不能得到她的心，因此她作下《欢闻变歌》，表达了她对爱情深层次的理解与追求：

南有相思木，合影复同心。游女不可求，谁能识得音。

她作下《丁督护歌》，描摹了一位女子对在远方从军的情郎的渴慕与思念，情感的基调甚是悲壮：

黄河流无极，洛阳数千里。辘轲戎旅间，何由见欢子。

采莲女

南风知我意，吹梦到西洲

《西洲曲》是南朝乐府民歌中最长的抒情诗篇。余冠英先生在《西洲曲》的注释中说过，这首诗写的是一个女子对所欢的思和忆。

因为是民歌，所以作者并不知是谁，也不知男女，但从诗篇中温柔细腻的宛转心事来看，《西洲曲》的作者应该是女子：

忆梅下西洲，折梅寄江北。单衫杏子红，双鬓鸦雏色。
西洲在何处？两桨桥头渡。日暮伯劳飞，风吹乌桕树。
树下即门前，门中露翠钿。开门郎不至，出门采红莲。
采莲南塘秋，莲花过人头。低头弄莲子，莲子清如水。
置莲怀袖中，莲心彻底红。忆郎郎不至，仰首望飞鸿。
鸿飞满西洲，望郎上青楼。楼高望不见，尽日栏杆头。
栏杆十二曲，垂手明如玉。卷帘天自高，海水摇空绿。
海水梦悠悠，君愁我亦愁。南风知我意，吹梦到西洲。

因为有玲珑相思，那女子的形象便更为娟娟美秀。若单只是美，美得毫无内容，未免寡淡，而因有相思牵挂，那女子的一颦一笑，举手投足，便都有了令人怀想的袅袅余韵。因此，恋爱中的女子，总是美的。

正是梅花开放的时候，少女想起当年在西洲梅下共度的甜柔时光，禁不住折下一枝梅花遥寄长江北岸，以慰故人。她正当绮年玉貌，单薄的衣衫像杏子那样鲜红，头发如小乌鸦那样乌黑。

那西洲，到底是在哪里呢？其实，并不远啊，摇着小船的两支桨就可到西洲桥头的渡口。夕阳西下，伯劳鸟纷飞，晚风呜呜地吹拂着乌桕树。

那乌桕树下就是她的家，门里露出她翠绿的钗钿。她轻轻打开家门，如所预料的一样，并没有看到心心念念的情郎，无可打发时间，于是出门去采红莲。

秋天里，在南塘采莲，莲花亭亭，高过人头。低头玩弄那些采下来的莲子，莲子青青可爱，与水同色。莲子音“怜子”，那在少女皎白掌心轻轻滚动的青青莲子，是一个个悄然在心的想念。

把青碧如水的莲子悄悄藏在袖子里，想那莲心当是红得很通透了，就如自己思念郎君的心。可是再思念他，他也没有来，只好抬起头来，看着天上的鸿雁。

她走上高高的楼台遥望郎君，想那鸿雁当是飞满了西洲的天空吧。楼台虽高却望不到郎君，少女于是一整天都在凭栏久久望着。

“栏杆十二曲”，如同她千回百转的心思，“垂手明如玉”，垂手而立，素手皎皎如玉，很感叹古人，只这么十个字，眼前就宛然有一位明眸皓齿的少女，亭亭立在栏杆之前，秀眉微蹙，愁靥浅生，任是春风吹不展。

把帘子卷了起来，天空那样高远，碧海起伏不定，心中一片空空荡荡的怅惘。

海水悠悠而动，如同梦境。你思念着我，我也思念着你。“以你心，换我心，始知相忆深。”

那袅袅吹来的微醺小南风也明白她的心意，让她安心做了一个关于西洲的美梦。

《西洲曲》历来被视为南朝乐府民歌的代表作。沈德潜在《古诗源》中称其“续续相生，连跗接萼，摇曳无穷，情味愈出”。作诗的女子已经不可考，只是那个诗中的女子却流传了千年。

莫愁女

莫愁在何处？莫愁石城西

“西曲歌”中有《莫愁乐》。“西曲歌”是汉魏六朝清商曲的一个重要部分，代表了当时荆楚民歌的最高成就，与江南“吴声歌”齐名，主要流行区域在当今湖北荆州、钟祥、襄阳，河南邓县一带。

南朝一个普通家庭里，初生了玉雪可爱的小女儿。望着小婴儿丰润的面庞，那母亲的心中，便浮泛起温柔的愿望，小小的女孩儿呀，愿你此生无忧，长乐未央。因此，给你取名“莫愁”吧。

莫愁长大了，成为了风致楚楚的少女。

关于她有几种不同的说法。最通行的一种说法是，她是郢州石城（今湖北省钟祥市）人，是一位能歌善舞的美丽少女。《容斋随笔》记载：“莫愁者，郢州石城人。今郢有莫愁村。画工传其貌，好事者多写寄四远。”在钟祥，现在还有莫愁村、莫愁湖、莫愁渡等古迹。宋人王之望《舆地纪胜》说：“莫愁村，在汉江之西，地多桃花，春末花落，流水皆香。”

有两首轻巧的小诗《莫愁乐》，传说便是莫愁本人所作。其一便是：

莫愁在何处？莫愁石城西。艇子打两桨，催送莫愁来。

这么一个灵秀的民间少女，因美丽活泼而被人记住。在这首小诗中，她自己的名字就被提到了三次。莫愁她住在哪里呢？她就住在石城的西头。少女眉眼清丽，笑盈盈地唱着歌儿划桨而来，便如一幅画儿。莫愁，成了一个因充盈着美而具有迷迭香一般魔力的名字。

《莫愁乐》其二为：

闻欢下扬州，相送楚山头。探手抱腰看，江水断不流。

听闻心上人要东下扬州，她便依依不舍地送到楚山头。两人情致缠绵，难舍难分，她忍不住轻轻抱住了情郎的腰，向江中望去，希望江水不再向东流，留他在身边。寥寥数语，勾勒出一个娇憨又痴情的女子。有人评论："仅仅二十字，抵一篇《江南别赋》矣。"

南朝梁周弘正曾写《看新婚》诗，想象新婚时的莫愁之美：

莫愁年十五，来聘子都家。婿颜如美玉，妇色胜桃花。
带啼疑暮雨，含笑似朝霞。暂却轻纨扇，倾城判不赊。

后来北宋词人周邦彦作《西河·金陵怀古》，其中有句："断崖树、犹倒倚，莫愁艇子曾系。空余旧迹郁苍苍，雾沉半垒。夜深月过女墙来，伤心东望淮水。"在词中，周邦彦误把石城当作石头城了，因此把莫愁也当成了金陵人氏。如今南京城水西门外有莫愁湖，在郁金棠西还有莫愁女的雕像。

王玉京

昔时无偶去，今年还独归

王玉京，南朝梁人，生卒年不详。现存作品有《连理枝》《孤雁诗》两首。

据记载，王玉京的父亲早逝，母亲年轻守寡，独自养大了女儿。王玉京长大后，嫁给了卫敬瑜。但她成婚后不久，卫敬瑜就死了，彼时她只有 16 岁。

王玉京年方二八，正是如初荷一般亭亭出水的娇嫩年龄，却遭遇了这样不幸的事情，母亲十分心疼，希望她能改嫁，毕竟她的人生才刚刚开始。公公婆婆也希望她改嫁，拥有正常女子的婚姻生活。但没想到她竟然坚决不嫁，母亲深受守寡之苦，不希望女儿重蹈覆辙，苦口婆心地劝说她，她被逼急了，竟然割下自己的耳朵放在盘中，以示坚决。家人都被她的决绝吓到了，只好作罢。

南朝的时候，民风较为开放，并未像宋代那样以礼教来束缚女子。王玉京守贞不嫁，大约并不是因为礼教，而是因为对丈夫的情深一片，宁愿独自一人终老,守着对他的思念。

王玉京在亡夫卫敬瑜墓前种了很多树,其中有两棵柏树忽然结成了连理枝,仿佛她和丈夫恩爱相依的身影。连理枝指的是,异根草木,枝干连生,也就是这两棵柏树的枝干慢慢连生在了一起。这连理枝直到一年多后才复散开,堪称奇观。树犹如此,人何以堪?

她心生感慨,抚摸着其中一棵柏树,写下一首《连理枝》:

墓前一株柏,根连复并枝。妾心能感木,颓城何足奇。

她住的屋子曾经有一对燕子在上面筑巢。平日里她看着燕子双双对对,飞进飞出,不免又回想起了过去与丈夫的甜蜜温馨时光,略感安慰。可是忽然有一天,有一只燕子忽然不见了,大概是被鹰鸟捕食了,只留下一只燕子孤孤单单。王玉京与这只失偶的燕子同病相怜,常常跟燕子说话,燕子仿佛也能听懂她的话一般,时常悲鸣两声,作为回应。

到了秋天,燕子要南飞了。飞走之前,燕子通人性地落在王玉京的手臂上,似乎是在与她告别。王玉京用一根红色丝线系在它的脚上,盼望它来年再来与她做伴。

第二年,这燕子果然又飞了回来,但这次它是孤零零地飞了回来,身边没有伴侣。燕子脚上仍然有她系上的红线。王玉京悲喜交集,为这燕子写了一首《孤燕诗》:

昔时无偶去,今年还独归。故人恩义重,不忍更双飞。

她是写那燕子,也是写她自己。

据说她写了这首诗以后六七年间，燕子都会回来在她屋子下筑巢，并陪伴她，直到她郁郁而终。她死后次年，燕子归来，再也找不到她，于是绕着屋子飞翔悲鸣。

王玉京的家人听到它的悲鸣之声，便出来叹息着对它说，王玉京已经死了，并指了一下坟的方向。那燕子仿佛听得懂一般，顺着家人的指引飞到王玉京坟前，悲鸣不止，竟也死在那里。

事情传开，人们感动不已。王玉京的家人为燕子还特意立了一个“燕冢”。

北朝女子

朔气传金柝，寒光照铁衣

北朝时有民歌《木兰诗》，流传千年，脍炙人口。但其作者已不可考，根据诗中洋溢的欢快与坚韧，更似是出自女子口吻。

宋代郭茂倩《乐府诗集》将其归入《横吹曲辞·梁鼓角横吹曲》中，《木兰诗》与《孔雀东南飞》也被合称为“乐府双璧”：

唧唧复唧唧，木兰当户织。不闻机杼声，惟闻女叹息。问女何所思，问女何所忆。女亦无所思，女亦无所忆。昨夜见军帖，可汗大点兵。军书十二卷，卷卷有爷名。阿爷无大儿，木兰无长兄。愿为市鞍马，从此替爷征。

东市买骏马，西市买鞍鞯。南市买辔头，北市买长鞭。旦辞爷娘去，暮宿黄河边。不闻爷娘唤女声，但闻黄河流水鸣溅溅。旦辞黄河去，暮至黑山头。不闻爷娘唤女声，但闻燕山胡骑鸣啾啾。

万里赴戎机，关山度若飞。朔气传金柝，寒光照铁衣。将军百战死，壮士十年归。

归来见天子，天子坐明堂。策勋十二转，赏赐百千强。可汗问所欲，木兰不用尚书郎。愿驰千里足，送儿还故乡。

爷娘闻女来，出郭相扶将；阿姊闻妹来，当户理红妆；小弟闻姊来，磨刀霍霍向猪羊。开我东阁门，坐我西阁床。脱我战时袍，着我旧时裳。当窗理云鬓，对镜贴花黄。出门看火伴，火伴皆惊忙：同行十二年，不知木兰是女郎。

雄兔脚扑朔，雌兔眼迷离；双兔傍地走，安能辨我是雄雌？

北朝有一个名叫木兰的女子，本是精于织布的平民女子，但因为心疼老父，毅然女扮男装，替父从军。

自从她加入军队之后，无时无刻不在思念家乡，思念父母。但她把思念之情深埋心底。她走过黄河边，去过黑山头，行军万里奔赴战场作战，飞度关隘和山岭。夜晚她披衣睡下，听到北方的凛凛寒风中夹杂着打更的声音，往外瞧去，只见清冷的月光映照着战士们的铁甲战袍。这样严酷的军营生活，她已经完全融入其中，几乎忘记自己是个女儿家了。

木兰就这样，和男儿一样身披铠甲，南征北战，屡立奇功，威风凛凛。转眼间，12 年过去了，和她一起拼战沙场的战友，有的战死了，有的回来了。幸运的木兰是回来的那些军人之一。

回到朝廷后，可汗论功行赏，要给她加官晋爵，并赏赐许多钱财。她却不愿做官，只希望能早日回家与家人团聚。于是可汗满足了她的心愿，让她衣锦还乡。

千里迢迢，木兰终于回到了日思夜想的家乡。父母知道木兰回来了，连忙相互搀扶着出门张望，姐姐知道木兰回来了，赶紧梳妆打扮，出来迎接，弟弟也长大了，知道木兰回来了，高高兴兴地杀猪宰羊准备大餐。一家人终于团聚，那份欢喜自然不用提了。

木兰一回到家，马上回到了自己久违的闺房。她脱下戎装，换上昔日的红妆，坐在窗下细心梳理一头蓬松的如云鬓发，对着镜子往脸上贴好花黄，待到她出来之后，光芒四射，照亮了战友们的眼。同在沙场征战 12 年，大家不知道这英勇善战、威风凛凛的木兰居然是女郎。

全诗浪漫氛围浓郁，又富有生活气息，用了铺陈、排比、对偶、互文等多种手法进行细致描摹，语言轻快活泼，引人入胜，具有强烈的感染力。沈德潜在《古诗源》中赞道："事奇语奇，卑靡时得此，如凤凰鸣，庆云见，为之快绝。"

不知道这位作者，是真的有这个经历，将自己的经历写成诗，还是幻想着有这样的奇遇。唐五代时的确有才女黄崇嘏女扮男装担任官职，并获得皇帝的赏识。

《木兰诗》不仅留下了一位英姿飒爽的女英雄的传说，还启发了一大群胸怀男儿壮志、渴望实现自我价值的女性作家在文学幻想中进行大胆创作。清代才女陈端生所著的弹词小说《再生缘》中，孟丽君女扮男装，位极人臣，与自己的父亲和未婚夫同朝为官，聪明能干，不让须眉，尤有胜之。这本弹词小说在当时流行一时，广受欢迎。

冯太后

青台雀，青台雀，缘山采花额

北魏冯太后是一名出色的政治家，曾两度临朝听政，生杀决断，深谋远虑，执掌北魏政权近 25 年。她同时也爱好诗书，雅善辞章，能与群臣以诗歌酬唱，并有一首诗作存世。

冯氏早先是北燕皇族，祖父冯弘是北燕国君。北燕被北魏打败后，冯氏的父亲冯朗向北魏投降，但后来还是因罪被杀。冯朗死后，冯氏受其牵连被充入宫中为奴。但她得姑母冯昭仪照顾，并没有被当作奴隶看待。

她手不释卷，勤奋好学，在姑母的庇佑下，接受了良好的教育。她虽然小小年纪，但已生得玉肌雪肤，秀丽动人，举止也落落大方，很有大家闺秀之风。

才华与美貌兼备的冯氏吸引了太子拓跋濬的目光。还是翩翩少年的拓跋濬在后宫偶然遇见了少女冯氏，见她明眸善睐，肤如凝脂，便对她一见钟情，暗自倾心。

后来拓跋濬在14岁时即位，为文成帝。他随即封11岁的冯氏为贵人。后来等到冯氏14岁时，文成帝便正式封她为皇后。冯氏此时还是个小小少女，却因为帝王之爱而母仪天下。冯氏虽然年龄尚小，但聪明伶俐，精明能干，将后宫治理得井井有条，很得文成帝之心。

当时北魏为了防止外戚专权，实行"子为储君，母当赐死"的制度，即皇帝的某一位儿子被立为太子，他的母亲就要被赐死。于是文成帝的儿子拓跋弘被立为太子后，其生母李氏被赐死，冯氏便成了拓跋弘的养母。冯氏没有孩子，对拓跋弘疼爱有加。

和平六年(465)，文成帝驾崩，年仅26岁。同年，年幼的太子拓跋弘即位，为献文帝，尊冯氏为皇太后。当时冯太后不过才23岁。

冯太后尚是绮年玉貌，无法独守空房，看上了三个颇为年轻英俊的臣子——吏部尚书王睿、南部尚书李冲、宿卫监李奕，将他们收为自己的男宠。

献文帝年幼，车骑大将军乙浑一直有篡位之心，并策划政变。冯太后得知后，丝毫不见慌乱。她沉着冷静，周密部署，细心谋划，终于成功镇压了叛军，稳定了朝中局势。为了安定人心，冯太后决定临朝称制。于是，朝政之事，必须要经过冯太后同意方可实行。

后来献文帝年龄渐长，他的妃子李夫人生下一子拓跋宏。冯太后处理朝政多年，见拓跋宏生得十分可爱，一心想要含饴弄孙，于是把政权还于献文帝，自己退居后宫，且享清闲。

献文帝亲政后雄心勃勃，大力提拔官员，颇有一番作为。但是他的专断独行也惹恼了冯太后，母子之间有了隔阂。尤其是他处死了冯太后心爱的男宠李奕，使得冯太后大怒，一定要逼得献文帝退位。

冯太后虽然退居后宫，但朝中势力仍在，依然是实权人物。献文帝无奈，只得传位于儿子拓跋宏，自己成了太上皇。拓跋宏即位，为孝文帝，尊冯太后为太皇太后。

献文帝虽然退位，但儿子年龄尚小，权力依然在他手里。他还多次率兵北征南讨，大胜而归。但他与冯太后的母子关系越发恶化了。有一天，献文帝去拜见冯太后，却莫名其妙地死在了永安殿。真实死因不得而知，后人猜测献文帝是被冯太后毒害而死。

献文帝死后，作为太皇太后的冯太后再次临朝称制。她“多智略，猜忍，能行大事，生杀赏罚”，是以威福兼作，震动内外。孝文帝孝顺听话，冯太后对他也很重视，亲自指导他，希望能把他培养成贤明的君主。

北魏初期，官员没有俸禄，只能靠皇室打赏和贪污获得收入。冯太后便推行太和新制，实行俸禄制，并颁布均田令。地方官刺史以下，因贪污犯赃被发现而被处死的有 40 余人。她还注意调和汉士族与鲜卑贵族的关系。这些政策使北魏的经济得到健康发展，成为文明国度。

冯太后除了具有杰出的政治才能，还通晓文墨，善于作诗，曾经作有一首《青台歌》，轻快活泼，宛若民间小调：

青台雀，青台雀，缘山采花额。

这首诗只有一句，可称为“一句诗”。这是冯太后登台之后，见雀啄食，有感而作。开篇便反复歌咏雀儿绕着青台盘旋而飞的形象，后则写鸟儿绕山飞舞采花的情景，极有画面感。“额”是语气助词，显得轻柔愉快。

太和十四年（490），冯太后去世，时年 49 岁。冯太后死后谥号为“文明”，因此她又被称为“文明太后”。

沈婺华

谁言不相忆？见罢倒成羞

沈婺华，吴兴武康（今浙江德清）人，陈后主陈叔宝的皇后。沈婺华著有《陈后主沈后集》10卷，收录于《隋书·经籍志》，现已散佚，只存了一首《答后主》的诗传世。

沈婺华的母亲会稽穆公主陈氏是陈武帝陈霸先的女儿。会稽穆公主早逝，当时沈婺华年龄幼小，母亲的去世让她悲痛欲绝。服丧期满后，每到祭日之时，她仍独坐痛哭。时人认为她纯孝，纷纷称赞她的贤德。

太建三年（571），沈婺华嫁给皇太子陈叔宝，成为太子妃。太建十四年（582）正月初十日，陈宣帝陈顼去世。正月十三日，皇太子陈叔宝即位，史称陈后主。正月二十五日，陈叔宝立沈婺华为皇后。

陈后主是历史上有名的亡国之君。他自幼生长于深宫之中，不知人间疾苦。后主执政共八年，在位期间不理朝政，耽于女色，“复扇淫侈之风，宾礼诸公，唯寄情于文酒，昵近群小，皆委之以衡轴”。“耽荒为长夜之饮，嬖宠同艳妻之孽”。陈后主的贵妃张丽华美貌异常，发长七尺，黑亮如漆，光可鉴人，且脸若朝霞，肤如冰雪，目似秋水，眉比远山，顾盼之间光彩夺目，照映左右。因此陈后主非常宠爱她。

陈后主还在临光殿的前面，修建临春、结绮、望仙三阁。阁高数十丈，袤延数十间，可谓是穷土木之奇，极人工之巧。楼阁的窗牖、墙壁、栏槛，都是以馥郁芬芳的沉檀木做的，并以各种金玉珠翠镶嵌装饰。楼阁门口垂着圆润晶亮的珍珠帘，里面设有宝床、宝帐，所有的服饰玩物无不珍贵奇妙，所有的器皿物件无不瑰秀美丽。楼阁之下则积石为山，引水为池，种植着各种香气扑鼻的奇树名花。每当微风吹过这三个楼阁，可香闻数十里。陈叔宝自己住在临春阁，贵妃张丽华住在结绮阁，龚、孔二贵嫔住在望仙阁。

陈后主善作新曲，描摹自己荒淫享乐的生活。他曾作《无愁曲》，在位时已传布民间，陈亡后曲子便已散佚。后来又作《玉树后庭花》，如今还有留存：

丽宇芳林对高阁，新装艳质本倾城。
映户凝娇乍不进，出帷含态笑相迎。
妖姬脸似花含露，玉树流光照后庭。
花开花落不长久，落红满地归寂中。

《玉树后庭花》被后世称为亡国之音，也用来代指靡靡之音。

沈婺华的素朴与陈叔宝的奢华格格不入。姚思廉《陈书》记载：“后性端静，寡嗜欲，聪敏强记，涉猎经史，工书翰。”“后澹然未尝有所忌怨。而居处俭约，衣服无锦绣之饰，左右近侍才百许人，唯寻阅图史、诵佛经为事。”沈婺华容颜秀丽端庄，生性沉稳恬静。她虽然年轻貌美,却清心寡欲,不事装扮,平常只是淡妆素服而已。她聪明伶俐,博闻强记,擅长写作,平日里只是寻阅图史、诵读佛经。她的理念自然跟贪图享受的陈后主无法契合,因此渐行渐远是必然的。

贵妃张丽华在后宫最为得宠,后宫的事务全部由她管理,沈婺华对此却并不在意,也从未有过怨恨嫉妒之意。权力与富贵对她来说,全然如同浮云一般。

陈叔宝因为不喜沈婺华,经常是半年都不看望她。一次陈叔宝来看她,刚坐一会儿就要离开,沈婺华也不挽留。陈叔宝暗自懊恼,后宫里人人都奉承他追捧他,只有皇后待他却淡然得很。

陈叔宝不明白沈婺华为何不留他,于是作诗送给沈婺华加以讽刺:

留人不留人,不留人也去。此处不留人,会有留人处。

沈婺华也写诗回赠陈叔宝,依然端庄守礼,进退得体:

谁言不相忆?见罢倒成羞。情知不肯住,教遣若为留。

她对陈后主当然还是颇有情意的,毕竟是她的夫君,因此对他也是时常思念的。但见了之后,两人话不投机,反而觉得尴尬。既然他不愿意来看她,也不愿意留下来,那她留他又有什么意义呢?整首诗既有深情又有风骨,落落大方。

《南史·卷十二·列传第二》记载:“尝遇岁旱,自暴而诵佛经,应时雨降。”有一次,南陈遭旱,民不聊生,沈婺华心忧天下百姓,在后宫亲自诵念佛经求雨,过了不久,便真的淅淅沥沥下起雨来。这当然是巧合，但也能看得出沈婺华对天下苍生的悲悯善心，这也使得她贤名远扬，百姓们对她感恩戴德。

后来，沈婺华数次上书直言规劝陈叔宝，陈叔宝恼羞成怒，打算废黜她的皇后之位，改立贵妃张丽华为皇后。但还没来得及废后，陈叔宝自己已成了亡国之君。

祯明三年（589），隋朝攻灭陈朝，沈婺华和陈叔宝一起被押送到长安。当时，陈叔宝得知隋军已到，吓得与张丽华、孔贵嫔躲藏到井里，只有沈婺华仍像平常一样，毫不惊慌。后来张丽华被隋军斩于建康城外清溪桥畔。陈叔宝众妃嫔都被隋军掠夺，沈皇后则因贤德之名而受到隋炀帝的礼遇。

入隋以后，陈叔宝仍然沉湎酒色。隋朝仁寿四年（604），陈叔宝去世，沈婺华亲自为他写哀辞，情感悲切，文辞痛楚。

义宁二年（618），隋炀帝在江都被宇文化及杀害，沈婺华失去庇护，从广陵渡过长江回到故乡。

后来，沈婺华在毗陵（今江苏省常州市）的天净寺出家为尼，法号观音。沈婺华出家之后，看到天下纷争四起，百姓流离失所，心中悲悯不已，便装扮成观音大士，用计谋救了一些老人和孩子。

百姓们感激她，便绘制沈婺华长相的观音图供奉起来。她也被一些学者认为是观音菩萨女相的民间原型。

后来沈婺华在唐贞观初年去世。

乐昌公主

笑啼俱不敢，方信作人难

乐昌公主，南朝陈宣帝之女，陈后主陈叔宝之妹，名字不详，“乐昌公主”是她的封号。她生得端庄秀美，而且精通诗文。唐代孟棨《本事诗》中说她“才色冠绝”。现有一首诗传世。

陈叔宝是南朝的末代皇帝，沉溺于酒色之中，荒淫误国，奢靡成风。乐昌公主虽然生在皇家，却没有公主所有的骄横跋扈之脾气，而是温和宽厚。她爱好诗书，也希望能有一位同样爱好诗书的丈夫。长大之后，她便自己选择了江南才子徐德言作丈夫。两人婚后，情投意合，很是恩爱。徐德言成为驸马后便入朝廷任侍中。

在北方，杨坚取代了北周静帝，建立了隋国，并以晋王杨广为统帅，率 50 余万大军进攻陈国。陈后主却自我安慰说“王气在此”，并不认真抵抗，依然醉生梦死。

不久，隋军打败了陈国，陈后主一家人成了俘虏，包括他的妹妹们。陈后主等人被隋军迁往京城长安。徐德言和乐昌公主被迫分离，出逃民间。

临别时,徐德言对乐昌公主依依不舍,对她说:“以君之才容,国亡必入权豪之家,斯永绝矣。倘若情缘未断,希望还能有见面的机会,留个信物吧。”乐昌公主拉着徐德言的手泪如雨下,将自己梳妆台上的一面铜镜一分为二,各自收好,两人约定正月十五月圆之时,把这面镜子拿到集市叫卖,以此来相认。

陈叔宝有三个妹妹,被俘后,乐昌公主成了宰相杨素的小妾;一个妹妹被隋文帝杨坚纳为嫔妃,后来被封为宣华夫人;另一位妹妹则嫁给了大将贺若弼。

杨素是隋朝功勋显赫的大臣,祖上曾历任北魏及北周领兵大将。杨素本人文武全才,不但善于调兵遣将,而且工于草隶,擅长诗文。杨素见乐昌公主容貌秀美绝伦,又兼有文才,谈吐清雅可人,性格也恬静温和,对她很是欣赏和钟爱。但乐昌公主心中始终思念着自己的夫君徐德言,一直盼望着正月十五的到来,能够与夫君见上一面。终于等到了正月十五那天,乐昌公主因外出不便,便派出身边的老婢女拿着那半面铜镜沿街求售。

徐德言牵挂妻子,按照之前的约定,千里迢迢来到京城,直奔集市。他满怀希望地四处张望,却没有发现乐昌公主的身影,只看见一个老婆婆手里拿着半个铜镜在那里高声叫卖,有人问价,老婆婆的开价居然高得离谱,路人都在嘲笑她。徐德言仔细一看,那半面铜镜非常像离别之时乐昌公主拿出的那面。

徐德言忙上去询问。一问之下,便得知这老婆婆果然是乐昌公主派来的。乐昌公主身处宰相府,人身不得自由,只得拜托她拿着这半个铜镜作为信物来寻找丈夫。

徐德言闻言不禁落下泪来,取出自己怀里的那半面铜镜,拿过老婆婆手里的那面铜镜，两面镜子合二为一，成为了一个完整的铜镜。

徐德言当即写了一首诗交给老婆婆送给乐昌公主：

镜与人俱去，镜归人未归。无复姮娥影，空留明月辉。

昔日，乐昌公主带着那半面镜子走了，现在半面镜子回来了，与自己手上的半面镜子终于合二为一，心爱的妻子却没有回来。那镜子里不再有妻子天仙一般的容貌，只有明月的清辉与寂寞相照。

乐昌公主知道这件事之后，心中伤感，茶饭不思，郁郁寡欢。杨素见乐昌公主日渐憔悴，不禁心疼，便问原因，乐昌公主于是跟他坦诚相告，并流泪请求杨素，希望能让他们夫妻见上一面。

杨素很喜欢乐昌公主，没想到她爱着的是别人，但他是个胸怀宽广之人，想着乐昌公主和徐德言是结发夫妻，不忍伤了她的心，于是答应下来，把徐德言请到府中。

徐德言来到杨素府上后，杨素盛情宴请了他。乐昌公主在杨素身旁，分宾主落座。夫妻俩终于见面，四目相对，徐德言见乐昌公主憔悴了不少，而乐昌公主觉得徐德言也添了不少沧桑，心下都是怜惜不已，两人似有千言万语要说，在杨素面前却无法说出口来，只能遥遥相望。

杨素见状，让乐昌公主当场写一首诗。乐昌公主当即便写下了这首诗：

今日何迁次，新官对旧官。笑啼俱不敢，方信作人难。

这首诗没有华丽的辞藻，却把乐昌公主那种已嫁新人却念旧人的矛盾痛苦之心理刻画得淋漓尽致，真切动人。后来唐代李商隐曾以

《代越公房妓嘲徐公主》为题，写过一首五言古诗：

笑啼俱不敢，几欲是吞声。
遽遣离琴怨，都由半镜明。
应防啼与笑，微露浅深情。

杨素不由得叹服。他被乐昌公主的真情所感动，决定成全他们，让他们破镜重圆，重新在一起。他爱惜两人的才华，挽留二人在京城，并答应为徐德言找一个官职，但两人谢绝了杨素的好意，情愿以平民身份离开京城，过着平平静静、与世无争的生活。

乐昌公主和徐德言最后回到了景色旖旎如画的江南，春波绿水，烟雨杏花，了此一生。

大义公主

富贵今何在？空事写丹青

大义公主，为北周武帝的侄女，北周赵王宇文昭的女儿，初名千金。千金公主从小锦衣玉食，娇生惯养，算得上是金尊玉贵。父亲宇文昭喜好诗文，与庾信交往甚密，多有唱和之作。公主受父亲的影响，也通晓文墨，喜爱写诗，并且写得一手好字。

北周建德七年(578)，北周武帝出兵攻打突厥，不幸因过度劳累而病死。武帝的死，使北周由盛转衰，而这也是千金公主命运的转折点。北周大象二年(580)，因突厥求亲，千金公主便嫁与突厥沙钵略可汗。出嫁异邦自然是带着和亲使命，她的青春与美貌不过是两国友好往来的一枚棋子而已。但沙钵略可汗见妻子美丽娇弱，对她极为怜惜疼爱。有了丈夫的爱护，她过得还算安稳。

在公主出嫁后不久，执掌朝政的大臣杨坚因周静帝年幼而趁机篡权，建立隋朝取代北周，是为隋文帝。他即位之后毫不手软，将北周宗族杀戮殆尽。公主在异邦得知自己已国破家亡，悲恸难言。

沙钵略可汗为了妻子，于582年正式向隋朝宣战，并派出40万大军气势汹汹奔杨坚而来，大军势如破竹，先后攻下延安、天水等6城，隋朝百姓人心惶惶。但杨坚随后以离间计挑动突厥各部落，沙钵略可汗腹背受敌，陷入被动。

为了帮助丈夫走出困境，千金公主忍下悲愤，主动向杨坚求和。杨坚出于政治利益需要，也极力拉拢千金公主，于是赐公主姓杨，编入杨家宗谱，改封她为“大义公主”，希望她深明“大义”，维护突厥与中原的友好关系。

隋开皇七年(587)，沙钵略病死，其子即位。大义公主便按照突厥的风俗嫁给沙钵略的儿子都蓝可汗，仍然是突厥王后。都蓝可汗年轻气盛，对大义公主也不甚爱惜，公主深感孤独与寂寞。

开皇九年(589)，隋灭陈国，隋文帝杨坚将陈后主宫中的一架华丽屏风赐给大义公主。杨坚本意是向公主示好，大义公主见到屏风上的精致绘画，想到陈的覆亡，禁不住又联想到自己母国的命运，悲从中来，一时也顾不得避讳，便提笔写下了一首诗篇：

盛衰等朝暮，世道若浮萍。荣华实难守，池台终自平。
富贵今何在？空事写丹青。杯酒恒无乐，弦歌讵有声！
余本皇家子，漂流入虏廷。一朝睹成败，怀抱忽纵横。
古来共如此，非我独申名。惟有明君曲，偏伤远嫁情。

这首诗流传了下来。诗的开篇颇有气势，感叹一个王朝的盛衰荣辱，表现出公主的眼界非平常女子可比，见识甚高。但诗的后面则转为自己的身世之叹，字里行间满是毫无遮掩的愤怒哀伤之意。诗中有一句“余本皇家子，漂流入虏廷”，更是激怒了杨坚。他决定除掉大义公主。

而大义公主的确也没有放下仇恨，她曾在 593 年说服都蓝可汗同意发兵，去攻击隋朝。杨坚借机下诏废除了大义公主的封号，并与公主正式决裂。

这时统治突厥北方的突利可汗为争取隋朝的支持，偷偷向隋求婚。隋文帝派人告诉来使，要他们设计杀了大义公主，便可立即许婚。

大义公主贵为王后，唯一能杀她的人只有都蓝可汗。如何让都蓝可汗怒极杀妻呢？突利可汗买通大义公主的左右，暗自打听，通过不断地捕风捉影，终于探知大义公主似乎与一个叫安遂迦的小官有私情，这让他大喜过望。

于是，突利可汗便派人到处散布大义公主与安遂迦私通的消息，都蓝可汗得知后大怒，严审安遂迦，得到他的供词后，他冲入牙帐，一剑将公主刺死，当时公主年仅 33 岁。

胡太后

春风一夜入闺闼，杨花飘荡落南家

胡太后，安定临泾（今甘肃省镇原县）人，为司徒胡国珍的长女、北魏宣武帝元恪的妃子、北魏孝明帝元诩的生母。她手握北魏政坛实权，垂帘听政达13年之久。她善于诗文，而且精于骑射，算得上文武双全的一位奇女子。

北魏时期，佛教十分流行。胡氏的姑姑便是一位能说会道、颇有名气的尼姑。宣武帝在位初年，胡氏的姑姑入宫给后宫妃嫔讲授佛教义理，并盛赞胡氏的容貌德行，同时暗示左右对胡氏多加褒奖。宣武帝听说后不由得心动，就召胡氏进宫。胡氏当时还是宛若初荷出水的少女，杏面桃腮，顾盼神飞。宣武帝一见之下，怦然心动，对她很是喜爱，于是让她入后宫作承华世妇。承华世妇是地位低于嫔的女官。

胡氏不仅美貌，而且通晓佛理，多才多艺，极得宣武帝之心。当时北魏一直有“子为储君，母当赐死”的制度，嫔妃们多愿生公主，认为：“生儿居长，必为太子，而生母则必死无疑！”胡氏却说：“国家旧制，未免苛刻，但妾却不惜一死，宁可为皇家育一嗣续，却不愿为贪生计，贻误宗祧。”后来她果然怀孕，便常在佛前祈祷，希望自己能生下儿子。

永平三年(510)三月十四日，胡氏果然冒着生命危险在宣光殿生下皇长子元诩，宣武帝大喜，胡氏被升为充华。在此之前，宣武帝有过两个儿子，但是都被人害死了。为了保护儿子，延昌元年(512)十月十八日，宣武帝立两岁的元诩为皇太子。

宣武帝原本对胡氏就十分信赖宠爱，又加上朝中大臣刘腾、于忠、崔光等人的相助，胡氏不但没有遵照“子贵母死”的旧制被赐死，反而晋封为贵嫔。宣武帝的高皇后心怀不满，一直在找机会杀死胡氏，但胡氏机警过人，高皇后未能得逞。后宫之中诸多斗争，波诡云谲，但胡氏始终屹立不倒，可见她心机之深。

延昌四年(515)，宣武帝去世，5岁的元诩即位，为孝明帝，尊胡氏为皇太妃，进而再尊为皇太后。因孝明帝年幼，胡太后临朝听政，执掌天下。

胡太后博古通今，又精明强干，成为太后之后，她在朝堂策试孝廉、秀才、州郡上计簿的官吏，并亲自处理政事。她还下令造申讼车，并乘坐着该车从云龙大司马门出宫，从宫廷西北进入千秋门，以接受投诉的冤情。她成了实质上的女皇帝，她自称为“朕”，群臣上奏疏也称她为“陛下”。

胡太后能文能武。她擅长作诗，曾和孝明帝在都亭水流拐弯处宴请群臣，并令其一起赋诗。胡太后自赋诗说：“天地造化含气贞。”孝明帝这时还是个十几岁的小孩子，对母亲十分依赖和崇拜，赋诗道：“无为而治赖母明。”

她极擅长射箭，射术十分高明。她曾经前往西林园法流堂，并命令侍臣射箭。她自己也亲自上场射箭，结果百发百中，不在武艺出众的将军之下，赢得满堂喝彩。

胡太后还曾前往阙口温水，登上鸡头山，对准靶心发射象牙簪。她举手一扬，意态轻闲，结果簪子也是正中靶心。这可比射箭要难上许多，胡太后此举又一次赢得满堂喝彩。她对自己的射术也是颇为自豪，命令将射中靶心的象牙簪拿给文武官员传看。

胡太后大权在握，孝明帝又极为孝顺，事事顺从，她唯一的遗憾就是独守空闺了。但她不甘于寂寞，不安于现状，仍然希望自己能拥有爱情，为此，她有了一系列惊世骇俗之举。

清河王元怿生得高大英俊，性格宽厚温和，为人又机智聪慧。胡太后对这位小叔子暗自爱慕，并找了个机会大胆向他表白。清河王对此大惊失色，屡屡退却。但胡太后权倾朝野，清河王无路可退，只得接受了她热烈的爱情，并辅佐她治国理政。

但这份爱情不为世人所接受。正光元年(520)七月初四，领军元叉、长秋卿刘腾等人奉迎孝明帝到显阳殿，把胡太后软禁在北宫，并杀死她的情人元怿。但孝明帝事母至孝，对元叉、刘腾的行为十分不满。

正光四年(523)，刘腾死后，胡太后在儿子孝明帝的帮助下解除元叉的军权，并重新掌权。这时，她爱上了名将杨大眼之子杨白花。

杨白花少有勇力，容貌雄伟。杨白花更加不敢接受太后的爱情，但迫于她的权势，不得不妥协。但他一直都在伺机摆脱胡太后的控制。终于，他找到一个机会逃离了她，率领亲兵投奔了南梁。

胡太后对杨白花却并无责备之意，只有思念之情。她还把这缱绻柔情写入了一首著名的诗《杨白花》中：

阳春二三月，杨柳齐作花。

春风一夜入闺闼，杨花飘荡落南家。

含情出户脚无力，拾得杨花泪沾臆。

秋去春还双燕子，愿衔杨花入窠里。

写了这首诗之后，胡太后还使宫人昼夜连臂踏足歌之，声甚凄婉。她毫无遮掩地表达着她那不为世人所容也不为对方所接受的爱情。

清代张玉谷评这首诗“用笔双关，饶有古趣”，前面四句受鲍照《行路难》“中庭五株桃，一株先作花。阳春妖冶二三月，从风簸荡落西家”之影响，并且一语双关，“春风入闺闼”，自然是心生爱意，“杨花落南家”，则是指杨白花南逃。“含情出户脚无力”，是失恋之后悲伤无力之态。“拾得杨花泪沾臆”则是睹物思人，借物抒情。她盼望着秋去春来，双双对对的燕子能把杨花衔到窝里，也能将情人杨白花带回身边。

虽然胡太后与杨白花的恋情并不唯美，但此诗借物喻人，写得满蕴柔情，令人也不由得被这深情所感动。唐代柳宗元为此也作词一首，满是对爱而不得的胡太后的同情：

杨白花，风吹渡江水。坐令宫树无颜色，摇荡春光千万里。茫茫晓日下长秋，哀歌未断城鸦起。

清人沈德潜则在《古诗源》中评道：“音韵缠绵，令读者忘其秽亵。”

崔娘

取红花，取白雪，与儿洗面作光悦

北齐有个叫卢士琛的士人，娶了一位妻子崔氏。崔氏是崔林义之女，很有才学，可惜她的名字并没有流传下来，只能唤她崔娘。

崔娘留下来一首轻快愉悦、满蕴着慈母柔情的小诗，是为《靧面辞》：

取红花，取白雪，与儿洗面作光悦。
取白雪，取红花，与儿洗面作妍华。
取花红，取雪白，与儿洗面作光泽。
取雪白，取花红，与儿洗面作华容。

这首诗的意思是，取来了红花，取来了白雪，来给心爱的小儿洗脸，希望他洗完脸之后，皮肤白嫩鲜润有光泽哟。

那是北齐的一个早春时节，积雪还未化尽，桃花却已等不及，纷纷绽开。红花白雪，令人赏心悦目。崔氏见之，便将片片鲜妍的桃花摘下，并把白雪收集起来放入铜盆中，再将桃花撒入白雪之中。雪水清凉，桃花柔软，崔氏唤来小儿，掬一捧桃花雪，给他擦脸，并轻轻念起了这首诗。

这首诗如同桃花雪一般明亮欢乐，而语意宛转，回环往复，是极温柔亲切的调子。崔氏的小儿一边擦着桃花雪，一边听着母亲念诗，当是心如花开了。在他年少的记忆中，桃花雪和母亲的这首诗和早春的亮色紧紧联系在一起，再也不会淡去了。

桃花有美容护肤的效果。《太清方》曰："三月三日采桃花，酒浸服之，除百病，好颜色。"《肘后方》也言服三树桃花尽，则面色红润悦泽如桃花也。古代春日取花和雪水涤面，谓可使面生华容。

后来五代和凝有《宫词》云："早梅初向雪中明，风惹奇香粉蕊轻。谁道落花堪靧面，竞来枝上采繁英。"清代庞畹有《琐窗杂事》云："闲园收拾残花片，供得儿曹靧面来。"但他们这些靧面辞的感染力，都大大不如崔娘的了。

冯小怜

虽蒙今日宠，犹忆昔时怜

历史上东吴，东晋，南朝的宋、齐、梁、陈，连续定都于金陵，统称六朝。冯小怜是六朝时极出名的美人，是北齐后主高纬的淑妃。她不仅是一位有诗作传世的女子，她本人也是后世诗人经常歌咏的对象。《隋书》说她“慧而有色”，《资治通鉴》则记录她“慧黠，能弹琵琶，工歌舞”。

冯小怜生得脸似羞花，发绾乌云，艳光逼人，有倾国之姿，而且聪慧机变，善于察言观色，迎合他人。她出身卑微，本是北齐后主高纬皇后穆邪利的侍女。侍候穆皇后时，冯小怜曾经试着以槌、擂、扳、担等推拿手法，为她按摩身体，很得皇后欢心。

高纬即位时才 20 岁，只知道声色犬马，纸醉金迷。他在邺城大造宫殿，又在晋阳广建 12 座精巧绝伦的宫殿。他命人将珍珠串成晶光闪耀的罗衫，将宝石镶嵌在通透莹润的玉辇上。他早上还爱不释手的宝物，晚上便弃之如敝履。生活实在是极尽奢华。

当时他后宫中有一位曹昭仪，花容月貌，弹得一手好琵琶，高纬最为宠爱。皇后穆邪利便受到了冷落，心里大为不满。她于是诬陷曹昭仪在宫中行巫蛊之术。高纬信以为真，赐死了曹昭仪。结果曹昭仪死后，高纬又宠爱另一位明艳动人的董昭仪，董昭仪取代曹昭仪继续宠冠后宫。

穆邪利不甘心失败，她考虑再三，便把心腹侍女冯小怜于当年端午节进献给高纬，称为“续命”。高纬一见冯小怜，便被她迷住了，很快疏远了董昭仪。但是穆邪利没有想到的是，冯小怜受宠的程度远远超过了董昭仪，她这个皇后依然没有复宠。但冯小怜感念旧主恩德，也算是善待穆邪利，穆邪利并没有落得曹昭仪一样的下场。

冯小怜不仅秀色如琼花，肌骨倾城，吐气若兰，而且还善弹琵琶，精于歌舞。又由于侍女出身，她妙解人意，曲意奉承，更有一手推拿按摩的好功夫。高纬很快便封冯小怜为淑妃，从此与冯小怜“坐则同席，出则兵马”，并与她海誓山盟，称生死都要在一起。

高纬不惜重金为冯小怜妆饰打扮，即使是花费千金也在所不惜。《隋书》记载：“选彩女数千，为之（冯小怜）羽从，一女之饰，动费千金。”他与冯小怜一刻也不能分离，即使是跟大臣商量国家大事，也常常让冯小怜坐在膝上，议事的大臣认为太不成体统，却敢怒而不敢言。高纬不以为然。

高纬对冯小怜爱若珍宝，认为天下无人可及她的美貌，而这样的美貌只有他一人知道，未免太可惜了。于是，他竟然想出了个荒唐的奇招，要冯小怜玉体横陈于基隆堂上，并以千金一观的票价，让大臣们排着队前来观赏。这便是“玉体横陈”典故的由来。

这边高纬收钱收得不亦乐乎，那边却传来北周攻打平阳的消息。他却并不把战事放在心上，还和冯小怜去了三堆（今山西省宁武县西南管涔山上）打猎。

结果晋州告急的人，从早晨到中午，骑驿马来了三次。右丞相认为皇上正在取乐，不宜打搅，便把军情按了下来。到了傍晚，告急的使者再次到来，说平阳已经陷落，左右这才不得不向高纬奏报。

高纬听到后，再糊涂也知道情况危急了，正犹豫着是否援救，可是冯小怜余兴未尽，撒痴撒娇，要求高纬再围猎一次。高纬对冯小怜百依百顺，很快把危急军情置于不顾，依从了她的要求，又再次寻欢作乐起来。后世有人叹道："巧笑知堪敌万机，倾城最在着戎衣。晋阳已陷休回顾，更请君王猎一围。"

等到后来高纬带着冯小怜抵达晋州时，城池已将失陷。大臣向他建议，趁北周大军冬日退回长安之机收复平阳。冯小怜对军事与政治一概不懂，以为打仗和狩猎一样，不过是好玩的事情，于是又要高纬御驾亲征，带着她一起收复失地。高纬对冯小怜百依百顺，同意了。

高纬带着 10 万大军围攻平阳，令士兵挖地道向城里发起攻击，城墙不久塌陷一处，倒下十几步宽，眼看大军就可以长驱直入，收复平阳。将士们正准备攻入，高纬却想着这样精彩的胜利场面，应该叫小怜过来一起观看，于是传令暂时停下，要召来冯小怜一起观看。

如此十万火急的时候，冯小怜却慢悠悠地梳妆打扮，迟迟不到。于是，数万士兵只好在凛凛寒风中等着冯小怜盛装出来观战。趁这等待的时机，北周大军便用许多木头把缺口堵塞严密，因此城未能攻下。当冯小怜姗姗来迟时，北齐获胜的绝好战机就已经被高纬荒唐地耽误了。

而这时，冯小怜还想观看平阳城上的圣人遗迹。高纬命人将攻城用的木料撤出部分，并调拨军队筑造天桥，便于冯小怜观看。这样胡乱折腾之后，北齐士气大减，最终战败。

高纬只好传令返回邺城。虽然战败，高纬却不以为意："只要小怜无恙，战败又何妨？"在逃跑路上，高纬突发奇想，要立冯小怜为左皇后，便当即令太监换装成平民回去宫中取袆衣、翟羽等皇后的服饰。冯小怜欢天喜地地换上皇后之服后，越发显得国色天香，瑰姿艳逸。高纬停下来反复欣赏了良久，然后又继续逃跑。

北周军队不久攻破邺城，高纬宣布禅位给年仅8岁的幼主高恒，然后带着十几人向南逃去，准备逃到南朝陈国躲避。结果北周的追兵在青州追上了高纬、冯小怜等人，并送往邺城，北齐就这样稀里糊涂地灭亡了。

被俘后，高纬向北周武帝宇文邕提出唯一的请求，就是把冯小怜还给他。宇文邕对他鄙视不已，大笑之后，便把冯小怜赐还给高纬。

不久，高纬被诬与宜州刺史穆提婆共同谋反，与北齐文襄帝高澄第五子高延宗等数十人皆被赐死。冯小怜被赐给代王宇文达。宇文达"雅好节俭，食无兼膳，侍姬不过数人，皆衣绨衣。又不营资产，国无储积"，可以称得上是正人君子，性格刚绝果断，沉稳持重。但他也被柔情绰态的冯小怜迷得神魂颠倒，对她宠爱至极，冷落了王妃。

虽然仍然锦衣玉食，但冯小怜想起高纬对她曾经的恩宠来，内心仍然痛苦不堪。在弹琵琶时，因为琵琶弦断了，冯小怜便作了一首《断弦歌》，亦名《感琵琶弦断赠代王达》：

虽蒙今日宠，犹忆昔时怜。欲知心断绝，应看胶上弦。

虽然现在得到了代王宇文达的善待，但她心中仍然时时忆起那个荒唐又痴情的高纬，他虽然荒淫误国，却是拱手山河讨她欢。她不由得柔肠寸断，因心中痛苦，曲不成调，铮然一声，琵琶弦也就因此而断。

这首诗含蓄柔婉，内蕴深情，可知冯小怜和赵飞燕一样，亦是有才情的女子。

宇文达的妃子李氏，是李询的妹妹，冯小怜得宠后，李氏备受冷落，对她怀恨在心。隋开皇元年（581），隋文帝杨坚代周建隋，杀了宇文达，把冯小怜赐给李氏的哥哥李询，正所谓冤家路窄。

李询的母亲为了给女儿报仇，命令冯小怜每日里穿着粗布衣裙、舂米劈柴，并对她百般谩骂，棍棒相加。冯小怜生无可恋，自杀而死。

高纬对冯小怜的迷恋直接导致了一个王朝的倾覆。因此，后代诗人词人对此多有讽刺。

唐代李贺写有一首《冯小怜》：

湾头见小怜，请上琵琶弦。破得春风恨，今朝值几钱。
裙垂竹叶带，鬓湿杏花烟。玉冷红丝重，齐宫妾驾鞭。

唐代李商隐写有一首《北齐》：

一笑相倾国便亡，何劳荆棘始堪伤？
小怜玉体横陈夜，已报周师入晋阳。
巧笑知堪敌万机，倾城最在着戎衣；
晋阳已陷休回顾，更请君王猎一围。